Ludwig Traube

Karolingische Dichtungen

Ludwig Traube

Karolingische Dichtungen

ISBN/EAN: 9783743654976

Hergestellt in Europa, USA, Kanada, Australien, Japan

Cover: Foto ©Andreas Hilbeck / pixelio.de

Weitere Bücher finden Sie auf **www.hansebooks.com**

SCHRIFTEN

ZUR

GERMANISCHEN PHILOLOGIE

HERAUSGEGEBEN

VON

DR. MAX ROEDIGER

A. O. PROFESSOR AN DER UNIVERSITÄT BERLIN.

ERSTES HEFT:

KAROLINGISCHE DICHTUNGEN

UNTERSUCHT VON

LUDWIG TRAUBE.

BERLIN

WEIDMANNSCHE BUCHHANDLUNG

1888.

KAROLINGISCHE DICHTUNGEN

UNTERSUCHT

VON

LUDWIG TRAUBE.

ÆÐELWULF. ALCHUINE. ANGILBERT.
RHYTHMEN.

BERLIN

WEIDMANNSCHE BUCHHANDLUNG

1888.

ERNST DÜMMLER

VEREHRUNGSVOLL ZUGEEIGNET.

Die folgenden blätter sind zum grossen teil aus briefen an E Dümmler hervorgegangen. ihr druck war bereits fast vollendet, als M Roediger sie kennen lernte und den wunsch aussprach sie als erstes heft in seine sammlung aufzunehmen.

Anzio, villino Mengarini, juli 1888.

L Traube.

Inhaltsverzeichnis.

Vorwort.

Der aufstieg vom geschichtlichen material zur begreifung einer geschichtlichen thatsache ist ein dreigeteilter: von der beurteilung (kritik mit interpretation) der überlieferung über die beurteilung des überlieferers zur beurteilung des überlieferten. dh. angewandt zb. auf die begreifung einer in einem schriftstellertexte überlieferten thatsache: von den hss. über den schriftsteller zum dargestellten (hss.-, quellen-, thatsachenbeurteilung). jede dieser operationen muss nacheinander an allen für sie vorliegenden faktoren einzeln vollzogen werden, dann aber ist das resultat, welches die vergleichung der einzeloperationen ergibt, einzustellen als ausgangspunkt für die nächsthöhere operation. fehlt ein thatsächliches vergleichsobjekt, so ist die vergleichung zu vollziehen an der je vorauszusetzenden wahrscheinlichkeit.

Die beiden ersten dieser operationen (quellen- u. hss.-untersuchung) sind selbst wieder einer derartigen begreifung an und für sich fähig, wenn man sie ohne hinblick auf eine in ihnen enthaltene historische thatsache selbst als solche hinstellt. bei dem schriftsteller und seinem werk stehen in diesem fall zur beurteilung als überlieferung: der aus den hss. festgesetzte text, und als überlieferer: der schriftsteller mit seinen quellen und tendenzen. aber auch die blosse existenz einer hs., ganz abgesehen von der beurteilung des schriftstellers und der durch diesen überlieferten thatsache, ist selbst wieder eine kleine geschichtliche thatsache.

und es ist zu beurteilen die überlieferung der überlieferung: ort, zeit, schrift (paläographie), und der überlieferer der überlieferung: der schreiber mit seiner vorlage und seinen tendenzen. wie die beurteilung des überlieferten des überlieferers: dh. das resultat der vergleichung einer thatsache, wie sie sich als von den verschiedenen schriftstellern berichtet herausstellt, überleitet zur thatsachenbeurteilung, so leitet die beurteilung des überlieferten der überlieferung dh. der aus der hss.-vergleichung gewonnene text (die recension) über zur ersten stufe der quellenbeurteilung (der textkritik und -interpretation).

Es ist eine ideelle anforderung, dass zum zweck der begreifung irgend einer historischen thatsache die hss.- und quellenbeurteilung jedesmal wieder in ihrer ganzen abstufung vorgenommen werden müssten. vielmehr verlangt das wesen der sache, dass diese operationen, sei es auch nur für einen namen, eine zahl, ja nur einen buchstaben des überlieferten im zusammenhang an dem ganzen umfang der vorliegenden hss. und schriftsteller und zwar an beiden getrennt vollzogen werden. und dies ergab vielmehr eine von der frage nach den thatsachen losgelöste einheitliche quellenuntersuchung und eine von der frage nach den quellen losgelöste einheitliche hss.-untersuchung.

Es besteht nun unter den historikern ziemlich allgemein der aberglaube, die hss.-beurteilung, verbunden mit der ersten stufe der quellenbeurteilung sei etwas philologisches, der rest der quellen- und die thatsachenbeurteilung etwas den historikern vorbehaltenes. es ist aber schon aus dem ineinandergreifen der eben geschilderten operationen klar, dass entweder alles das der philologie oder alles der geschichte als gebiet zufällt. schliesslich an dem aberglauben oder dem wortstreit läge wenig, aber die sache ist dabei stark beteiligt. — längst schon haben sich zwischen geschichte und philologie die grenzen verschoben. es gibt kaum noch einen klassischen philologen, der so sehr am formellen hinge, dass er in seinem gebiet innerhalb der grenzen von Homer bis Theodorich nur nach einer glänzenden conjectur oder einer feinen syntaktischen observation oder nur nach einem seltenen ablativ haschte; ein jeder strebt wenigstens danach, der geschichte des klassischen altertums zu dienen, der sprachlich, der literarhistorisch, der auf dem gebiet der kultur, jener schliesslich politisch, rechtlich oder social. zwischen allen diesen einzelbestrebungen ist das bindeglied die methode, welche eine so exakte ist, als sie es sein kann, wo das experiment nicht in corpore uili am kaninchen, sondern am zartorganisiertesten wesen der schöpfung nach dem tode gemacht wird. diese methode ist nichts als die liebevolle beobachtung des trägers der gedanken: des wortes, dem wir den hauptschatz der überlieferung und das gesamte verständnis derselben verdanken; denn eine wortüberlieferung ohne überreste würde noch laut genug sprechen, aber stumm wären, für unsere geschichtliche betrachtung wenigstens, überreste ohne wortüberlieferung. diese methode hat auch den namen hergegeben: wer sich mit dem klassischen altertum in seinem ganzen umfang beschäftigt, ist ein klassischer philologe und soll es bleiben, sich bewusst aber, dass die philologie die methode, geschichte die wissenschaft ist. zu verlangen dagegen ist, dass die historiker — die also, soweit sie sich mit dem mittelalter beschäftigen. mittelalterliche philologen heissen könnten — sich dieser methode, welche auch die ihrige und ihre einzige ist, mehr bewusst würden. wer quellen beurteilen will und ihre thatsachen klarstellen, muss ausgehen von einer intimen kenntnis der sprache, ihrer gesetze und willküren, und mit dieser kenntnis arbeiten. als aber der 20. januar 1819 kam, waren weder die historiker so sehr mit der lateinischen sprache des mittelalters vertraut, dass sie ihre quellen in allen punkten richtig hätten beurteilen können, weniger aber noch im stande, sich auf grund sprachlicher observation eine methode zur handschriftenbeurteilung auszubilden. noch war auch Lachmanns neues testament nicht erschienen. schwer hat seitdem auf ihren schultern die ihnen gewordene grosse aufgabe gelastet. ungern wandten sie sich ab von der quellenuntersuchung, die so viel allgemeineren verständnisses und erfolges sicher war; als parergon fassten sie das auf, was für den augenblick hätte selbstzweck werden müssen. das grossartige bild, das die mauriner einst boten, hat sich nicht wieder abgerollt. eine historische philologie ist der theologischen nicht nachgefolgt. nur paläographie und diplomatik zeigen einen glänzenden fortschritt: sie haben eine stellung wie etwa die archäologie zur philologie sich errungen. haben die philologen vielleicht dann und wann vergessen, dass die edition und emendation nur ein teil des ganzen sei, so sind die historiker bis zu dem grade der hingabe an das einzelne nie gekommen, die mit jenem fehler der auffassung doch die tugend der arbeit zur folge hat. Jaffé erlag zu früh seinem neidischen geschick. er war eine geborne herausgebernatur. man kann ihn mit Mabillon vergleichen, und es hat ihm vielleicht nur an zeit gefehlt, ein Aristarch zu werden. man hätte die mittelalterliche philologie auf eigne füsse stellen sollen, dass sie der klassischen ihrerseits vorbild geworden wäre, wozu sie in der art ihrer überlieferung vielfach die mittel hat. statt dessen kam etwas anderes. eine art koketterie oder vielleicht besser eine unglückliche liebe zur philologie. das war schlimmer: es musste täuschen, und man verlor zeit. man las die alten schriftsteller; und die folgen waren etwas wie irrationale zahlen, die man schon bei der zweiten decimale hätte abrunden sollen. man forschte in den philologischen ausgaben dieser schriftsteller; und man bekam eine ehrfurcht vor altem pergament, indem man zählte und nicht wog. schliesslich nahm man auch eine lateinische grammatik, ja vielleicht auch ein prosodiebüchlein in die hand; und die individualitäten, denen man leben geben wollte, erstickte man bei der geburt. —

Die oben entwickelten gedanken über *philologie und geschichts-wissenschaft* hätte ich nach dem glänzenden vorgang H Useners (Bonn 1882) vor philologen noch einmal zu entwickeln nicht gewagt. aber für das folgende denke ich und wünsche ich mir den historiker als leser. ihm sage ich vielleicht nicht etwas neues, aber etwas selten beherzigtes. jeder philologe hätte an meiner stelle die folgenden untersuchungen — und vielleicht zu besseren

resultaten — führen können. es wird die zeit kommen, wo auch
jeder historiker es kann. dann werden neue fruchtbare gebiete
der arbeit sich erschliessen, die jetzt die philologen — weil sie
daheim zu thun haben — meiden und die historiker — weil ihnen
die wegweiser fehlen — meiden müssen. trotz meinem teuren
lehrer Ulrich von Wilamowitz - Möllendorff (homerische untersuchungen s. 417 ff.) spreche ich es aus, dass die philologie, gerade
weil sie geschichtswissenschaft ist, principiell kein ende hat. als
hüterin des kunstwerkes aber wird sie sich von der poetik im
sinne W Scherers ablösen lassen müssen, einer ästhetik, die im
verzicht auf dogmatische gewalt eine welt von neuer kunst uns
zu erschliessen im begriffe steht, die neben Goethe und Homer
auch die gebrüder Goncourt und Dostojewski zu worte kommen
lässt, und die sich auf die bildende kunst übertragen muss, damit
wir neben Pheidias und Michelangelo nicht Böcklin und Bastien-
Lepage übersehen.

I.

ÆÐELWULF.

Bevor die wiener sammlung der lateinischen kirchenväter als
ganzes fertig steht, wird man die untersuchung über die von den
vätern benutzten bibelübersetzungen nicht antreten können. oder
wer wollte dies von den arbeitern schon während der arbeit verlangen? auch jetzt erst, nachdem Ernst Dümmler die beiden
bände der poetae karolini vorgelegt hat, wird man wagen dürfen,
von den einblicken in die arbeit der einzelnen dichter der karolingischen frühzeit allmählich vorzuschreiten zu einem gesamt-
überblick ihrer dichtkunst. doch, wie nicht auf ein mal — *vielleicht* — uns die von Lachmann geahnte urübersetzung aufsteigen
wird und vielerlei einzelbibeln vorher zu rekonstruieren sind, wird
eine geschichte der karolingischen dichter beginnen müssen mit
untersuchungen über die art einzelner dichter. eine literaturgeschichte aber dieser zeit überhaupt, wie auch der patristischen,
wird, wenn sie überhaupt etwas ist, nur sein können: ein grund-
riss in der art Teuffels oder eine zusammenhängende reihe von
einzeluntersuchungen im sinne Bergks. vor der literargeschicht-
lichen forschung eine andersartige literaturgeschichte zu schreiben,
heisst nicht wissenschaftlicher mut, sondern dilettantische toll-
kühnheit.

Ich greife aus der karolingischen frühzeit einen angelsächsischen dichter heraus. er ist nicht wie andere stammesgenossen
hinausgezogen, hat auf dem kontinent keine weltliterarische bedeu-

tung gewonnen; in kleinen verhältnissen hat er gelebt und vielleicht gewirkt. aber er besass die seele eines dichters. man lese den schluss des walahfridschen hortulus, im leben des heiligen Leodegarius II 412 (Pk. III 2 s. 35) wie nicht das sterbende kind sondern die mutter seinetwegen mit dem tode ringt, und die erschütternde vision des Merchdeof: und man hat vielleicht alles, was sich verlohnte in den dichtern dieser zeit zu lesen, läse man nur das warme wort eines wahren dichters zu vernehmen.

Der dichter der vision des Merchdeof[1]) ist der Angelsachse Ædelwulf oder Clarus Lupus[2]), wie er sich übersetzt. er hat sie eingeschaltet seinem gedicht über die äbte und ausgezeichneten mönche eines nicht näher bezeichneten angelsächsischen klosters, dem einzigen werk, das wir von ihm besitzen.

Das gedicht wurde von Th Gale entdeckt und von Mabillon herausgegeben. eine neue ausgabe, die zweite, verdanken wir E Dümmler Pk. I 582 ff. er hat ausser der mabillonschen zwei weitere und weit bessere hss. benutzt, so dass wir jetzt manches richtiger beurteilen können als Mabillon; dessen umsicht und vorsicht aber auch hier wie immer mit seiner scharfsichtigkeit wetteifert.

Ædelwulf widmete sein gedicht einem Bischof Ecgberht (s. überschrift der *praefatiuncula* und der *salutatio*). man hat ihn für den bischof von Lindisfarne gehalten, der 803—821 regierte (vgl. den anhang 38). wenn man gemeint hat (vgl. Nu. IV 253): das gedicht könne noch in frühere zeit gehören, da es sich auf könig Osred bezöge, so erweist eine kurze betrachtung seines inhalts dieses als unzutreffend.

Bei könig Osred (705—716) setzt mit cap. II die erzählung ein. er zwingt fürst Eanmund, die tonsur zu nehmen. Eanmund siedelt sich in einem kloster an, das er dem h Petrus weiht, und lässt sich seine regel von bischof Eadfrid von Lindisfarne (699 bis 722) und dem später als heilig verehrten Ecgberht geben,

---

1) Fritzsche (rom. forsch. II 247 ff.) in seinen dürren und fruchtlosen zusammenstellungen über visionen des ma. geht flüchtig über sie hinweg und erwähnt die andere von Æd. gedichtete gar nicht.

2) vgl. unten über latinisierung von *Aldhelm*.

von dem er hört, dass er sich gerade an der grenze schottlands befindet[1]). wo das neue kloster lag, wird nicht gesagt. jedesfalls nicht auf der (halb)insel Lindisfarne (jetzt Holy Island [2]). denn diese wird erst geschildert bei erwähnung Eadfrids [3]). aber nicht zu weit davon: zu Eadfrid begibt sich Eanmund selbst, ohne dass eine längere reise erwähnt oder vorausgesetzt wird (*uiuitare sategit* V 7); zu Ecgberht geht ein reitender bote (VI überschrift), der unterwegs übersetzen muss (ebenda 28). also lag das neue kloster wol auf einer insel. das scheinen die beiden botschaften Ecgberhts zu bestätigen. mit leiblichem auge, lässt er sagen, habe er die neuen gründe nie gesehen; aber wie ihm der blick des herzens zu sagen wisse [4]), sei da ein kleiner berg, umwunden mit steilem pfad, wo die sonne im zeichen $\simeq$ aufgeht — also östlich der schottischen grenze, wo Ecgberht gerade ist —, dichte dornenhecken umgäben ihn rings, diese soll man ausrotten [5]) und vom meere wegspülen lassen. vom meer: das ich vorher erwähnt habe, schaltet der dichter ein. erwähnt aber wird es vorher nur bei der beschreibung Lindisfarnes. in der anderen botschaft heisst es von den dornenhecken: sie böten den räuberhorden schutz, die von zeit zu zeit von allen seiten zum plündern hierhin zusammenströmten [6]) (51 *undique confluitans*). auch dies deutet

— — — — ----

1) den h Ecgberht mit dem bei .Ed. VI erwähnten für einen und denselben zu halten, stehe ich nicht an. schon Mabillon (Ass IV 2 s. 307) hat es gethan. bischof heisst er auch zb. bei Alchuine vit. Willibr. I 4, er starb 729 (Beda hist. angl. V 22 ed. H. s. 281) auf der insel Hii, nachdem er 13 jahre dort verweilt hatte. von 716 an (vgl. Beda ano. und seine *recapitulatio* ed. H. s. 287: Mabillon irrt im ansatz). vorher mag er vom kloster Rathmelsigi aus unter Schotten und Picten ein wanderpredigerleben geführt haben (Beda III 27 s. 156 f.). und Eanmund benutzte die gelegenheit (.Ed. VI 1 ff.): *dum moribus almum pontificem discit Scottorum finibus esse Ecgberchtum, famulum cui fidum mittere curat.* vgl. Mabillon annal. II 26.

2) vgl. Willi. v. Malmesb. ed. H. s. 266.

3) vgl. die anderen zum teil zutreffenden argumente Mabillons Ass. IV 2 s. 302 f.

4) VI 19 lese ich *satagit* statt *patuit* der guten hss., C interpoliert *potuit*.

5) statt *cisas* (LO) v. 23 muss es wol *scindas* heissen, C hat *scissas*.

6) das sieht fast aus, wie eine uaticinatio post euentum auf die ein-

auf eine insel. man könnte an Farne [1]) denken, aber sie hatte
eine durch Cuđberht geweihte überlieferung, die bei einem lob-
gesang auf ihr kloster nicht gut wegbleiben konnte. auch barg
sie nach seinem tode noch einsiedler. Cuđberht war in Farne
gestorben und in Lindisfarne begraben worden. auf seine gruft
niedergebeugt sieht Ædelwulf in einer vision (XXII 61) einen
mönch seines klosters: vielleicht ein der wirklichkeit abgelauschter
zug; das nahe Lindisfarne wird für ihn und seine brüder das ziel
mancher wallfahrt gewesen sein. Eanmund leitete sein kloster
selbst lange als abt (XII 1), nach ihm waren äbte Eorpuin und
dessen bruder Aluin (XIII), dann Sigbald, der der Maria eine
kirche weihte, wieder lange zeit (XIV 40); diesem folgte sein
bruder Siguin und als sechster endlich Wulfsig, der nur kurze
zeit regierte (XVIII 35). hiermit endigt die geschichte der äbte;
der dichter beginnt aus eigenen erlebnissen zu erzählen: von den
schätzen des klosters, vom uestiarius Winfrid (XIX), von seinen
lehrern: dem Iren Eadfrid [2]) (XXII 56 ff.) und dem Angelsach-

---

fälle der Normannen. die ganze stelle 47 ff. ist zu lesen und zu interpungieren:

> *namque ego confiteor — nullus me dicere mendum*
> *aestimet —: en rabidis discurrens uiribus irae,*
> *saepius quae aduolitat, spinis se inmiscuit hirtis*
> 50 *turba nefanda feris semper confisa sub armis.*
> *undique confluitans (ueluti cum culmina nota*
> *adcurrens properat) spinis inmergier hirtis*
> *gaudet et aduersis semper cumulata sub armis*
> *insidias multis disponit facere frendens:*
> 55 *perque itiner durum non cessat ferre malignos,*
> *quo labor aeternus requiem non praestat eunti.*

48 *ira, vgl. X 32 *nam uires ualidi uexant dum corpora morbi* (denn *corpora*
ist für *corpore* herzustellen, vgl. VIII 40 XI 8 usf.): 49 *spinisque inmiscuit
vgl. VIII 12 und 60: 55 dh. *itiner perdurum* und ist subiect; 56 die charak-
teristik des meeres ist an Ouid. ex Pont. II 9 27 angelehnt, anders I 17 wo
ich lese *aeternam (hanc tua nam I.C haec t. n. O) cupio requiem praestare la-
bori carmina.*

1) wie Mabillon aao. s. 303: aber sein selbsteinwand beweist nichts,
vgl. unten s. 18 f.

2) dieser Eadfrid kann der bischof von Lindisfarne nicht sein, zu dem
man ihn gemacht hat. zwar dass er Ædelwulf am grabe Cuđberhts erscheint,

sen Hyglac (XVI 4 und XXII) und schliesst mit einer vision. in der ihm beide erschienen sind. aus ihr erwachend beginnt er wie einst Cædmon zu schreiben. vergeblich sucht man in alledem nach einem kompliment auf den augenblicklich regierenden abt. es ist nicht anders möglich: Ædelwulf war es selbst. er war als knabe ins kloster getreten: unter Wulfsig, wie wir annehmen müssen, um den er sechs jahre lebte, bis jener die abtschaft antrat (XVIII 9 ff.). wie jung also müsste er zu seiner würde gekommen sein? er mag wol abt gewesen sein, aber er war es erst, als er schrieb. und wieder entsteht die frage: warum bricht mit Wulfsig die reihe der äbte plötzlich ab. auch darauf scheint das gedicht seine antwort zu geben. Ecgberht wird mit dem gebührenden respekt in vorrede und nachwort genannt, aber das gedicht ist nicht die gabe eines unbekannten an ihn, der kommt um zu schmeicheln und zu betteln. es ist der freund, der an den freund schreibt (I 7) und zwar gerade diesen stoff wählt, weil er den freund angeht wie ihn selbst. in der *praefatiuncula* (s. 583) bittet er Ecgberht, als einzigen lohn für sein lied, wenn er einst im himmel sein wird, ein wort für den dichter einzulegen[1]); auch er werde beten für ihn und die seinen. aber dann geht er über, in einer *salutatio natis ad episcopum de propinquis et monachis cellae eius*, wie das erste kapitel überschrieben ist, zu sagen, warum das lied dem freund wert sein müsse, und weswegen er es zu singen wage (I 3 ff):

würde für ihn gut passen; aber er wurde bischof. als das Peter-kloster noch gar nicht gegründet war, und war wol auch nicht Ire.

1) die verse sind so zu lesen und zu interpungieren:

    hunc memorare libens semper, lectissime praesul,
5   *sancta supernorum conscendens castra polorum*
    mercedemque tuam, quam ius sit reddere, soluas.
    nocte dieque simul cunctae per tempora uitae
    teque tuosque simul clementia protegat alta,
    quo . . .

5 *sceptra,* vgl. Aldhelm c. VIII 31 und de VIII uitiis s. 214 *alta supernorum qui scandunt arua polorum,* die *castra sanctorum* sind in christlichen gedichten sehr häufig, auch .Ed. XVIII 38 wird *castra polorum* für das unverständliche *heorum* stehen müssen; 6 *quam iussit* O (L. fehlt) *quamuis sit* C, *caluus*; nach 6 interpungiere ich, vgl. XIX 14 f.

rustica sed stolidis sordent [1]) *si pectora dictis,*
non stolidum carmen rustica plectra dabunt:
nam tibi dum proceres propria [2]) *de sanguine signant,*
iam domino placidus gaudia magna capis.

signant: natürlich *plectra,* das gedicht. der dichter empfiehlt sein
lied, weil es die edlen vorfahren des bischofs besingt, seine bluts-
verwandten. man muss das nicht zu sehr drängen: alle die äbte
werden nicht aus Ecgberhts familie gewesen sein. aber die thatsache bleibt: bande des bluts fesselten Ecgberht an das kloster
Ædelwulfs. und bande des bluts, sahen wir, waren bestimmend
für die geschicke des klosters, in dem zweimal ein bruder dem
bruder folgte: man hat es sich zu denken als eines der damals
gegründeten adelstifte. aber nicht weniger als über die äbte soll
Ecgberht bei der lectüre [3]) staunen über die mit wunderbaren gaben
begnadeten mönche. der bischof über die mönche? — schon hier
könnte man schliessen, dass Ecgberht nicht nur verwandt mit einzelnen insassen. sowie mit anderen wie mit Ædelwulf befreundet,
sondern dass er selbst aus diesem kloster hervorgegangen war;
dessen namen und schilderung wir auch nicht zu hören bekommen:
wie ein mauriner dem anderen nicht s Germain schildern wird.
aber der schluss ist überflüssig: die überschrift dieses kapitels
sagt mit der nötigen deutlichkeit *begrüssung des sängers an den*
bischof wegen seiner, des bischofs, *verwandten und den mönchen*
seines, des bischofs, *klosters.* denn *seiner (eius)* kann nicht auf
den sänger gehen, weil die verwandten nicht des sängers, sondern
des bischofs sind; und weil man schliesslich doch nicht einen
anderen wegen seiner eigenen noblen und tugendhaften sippe be-
glückwünschen kann. und dass die überschriften vom dichter
kommen, beweist allein schon die zeitangabe über dem letzten ka-

---

1) * *sudent.*

2) *propria* haben die guten hss. LO; *sanguis* als feminin ist gesichert
durch XXIII 15: *quod tua tam clari meruerunt sanguine patres esse,* welcher
vers wieder mit I 9 *quod tua tam electi meruerunt stirpe creari* zu vergleichen
ist. Æd. kürzt nach bekanntem brauch *a* im ablativ, eine verkürzung des *o*
ist unmöglich, vgl. unten s. 28 1).

3) man muss sich v. 12 begnügen. nach der überlieferung von O: *hinc mirare*
legens scandere lucis iter herzustellen, da die lesart von 1. nicht gesichert ist.

pitel, die in diesem selbst fehlt; wenn man einem gelehrten abschreiber auch die ergänzung des namens Osred über cap. II und
die verwandlung des *nuntius* in einen *veredarius* (cap. VI) zutrauen
könnte. zur überschrift kommen die ersten verse des I. cap.:
*als dich die heilige hand an die spitze der Anglen stellte, behagte
es mir, dir diese unbeholfne gabe zu widmen; denn sie schildert deine
vorfahren, die zu so ausgezeichneten äbten wurden, und deine kloster-
genossen.* deine vorfahren: ich denke auch deine vorgänger.
nicht als mönch war Ecgberht von der seite seines freundes
Ædelwulf zum bischof erhöht worden; er war abt: ist der abt,
der uns in der reihe vor Ædelwulf fehlt. wir sehen also nach
der zeit von 705—716 sieben äbte in diesem unbekannten kloster,
von denen zwei lange, einer — Wulfsig — nur kurze zeit regierte;
wir stehen beim amtsantritt des achten. es kann sich also bei der
abfassung des gedichtes um eine zeit vor 803—821 keineswegs
handeln. wol aber könnten diese jahre die grenze bilden, wobei
auf jeden abt im durchschnitt 13 jahre kämen. und ein bischof
Ecgberht in dieser zeit, stammend aus einem kloster bei Lindisfarne, kann doch wol nur Ecgberht von Lindisfarne sein. die
über- und unterschrift der interpolierten cambridger hs. — der einzigen, wo ein ortsname genannt wird, aber gleich allesamt: bischof
dichter und äbte aus Lindisfarne stammen — kann einen nachklang des wahren enthalten. denn stand einmal irgendwo in der
vorlage: dass Ecgberht bischof von Lindisfarne sei, so musste fast
nach der überschrift über I auch das besungene kloster Lindisfarne sein. ist aber Ecgberht von Lindisfarne der gesuchte, dann
entstand das gedicht bald nach 11. juni 803, nachdem er selbst
eben bischof, der dichter abt geworden war; und es ist der
scheidegruss des Ædelwulf an den zu höheren ehren berufenen
freund: eine bäurische gabe, wie er es nennt; und er hat recht,
denn eine zwar wahre empfindung diktiert sie einer ungeübten
hand; aber es war vielleicht auch sein einziger versuch und sein
erstlingswerk.

Sein erstlingswerk? und er hätte also nicht schon früher
fromme männer vom stamme der Angelsachsen und unter ihnen
seinen lehrer Hyglac besungen? — man sehe die verse ein wenig
an, in denen er dies zu sagen scheint (XVI), und aus denen eine

14

wunderliche zerstreutheit sogar ein früheres gedicht Ædelwulfs über fromme Engländerinnen herausgelesen hat. ich komme nicht aus, ohne dem gereinigten text eine erklärende übersetzung gegenüberzustellen, eine probe zugleich des stiles, der die mehrzahl der ædelwulfschen verse verdunkelt und auch die glänzenderen hat übersehen machen:

XVI. DE HYGLACO PRESBITERO ATQVE LECTORE.

tempore quo lector praeclarus gaudia digni
accumulat patris Hyglacus nomine dictus.
de quo iam dudum perstrincxi pauca relatu,
Anglorum de gente pios dum carmine quosdam
5 *iam cecini indoctus uilisque per omnia scriptor.*
quae si quis cupiat cum gnaro noscere corde,
currat et haec sitiens se algosis mergat in undis,
littera quo docti non docte carmina patris
pompat et aggreditur, poterit quod dicere digne.
10 *hoc tamen ⟨en⟩ uorsus praesenti in cartula signet,*
quod mensam digitis dominus circumdedit almam,
in caput ⟨et⟩ sancti peditat benedictio larga:
nec oculis cernens cernit de pectore gnaro.
spiritus atque pios carnis fraudatus ocellis
15 *nec non atque nigros mentis perspexit ocellis.*
hunc iterum mundi praecelsum cingere regem
uiderat atque animam fulgentem lumine solis
mentis in excessu quidam confessor in Anglis.
quae si quis cupiat diligenter scire per orbem,
20 *praedictus quaerens iam nunc se mergat in undas.*

3 * *perstrinxi* L: *perstrinxi* OC. 4 C: *carmina* LO. 7 * *ulyosis* LOC. 10 L: *hos* OC; * ⟨en⟩; *uorsus* habe ich mit LO gehalten, und es ist auch XXI 4 aufzunehmen; so schreibt auch der auf angelsächsische vorlage zurückgehende uindobonensis 751 s. IX (vgl. Dümmel No. IX 13) in der überlieferung der bonifatiusbriefe und der damit zusammenhängenden stücke. 12 * ⟨et⟩; *peditare* ist ein dem Æd. eigentümliches wort, vgl. XXII 7 *callibus ignotis peditans comitatus adiui,* X 4 *malleus in ferrum peditat stridente camino* (letzteres nach Cyprian gen. 189 f.), X 28, wo zu lesen: *continuo insonuit percussa incude* (*percussis cudo* LOC) *metallis, malleus et uacuas uolitans cum uerberat auras: iam ⟨in* om. LOC⟩ *coenam fratrum* (*fratrem* LOC) *peditans caldarius* (*caldarios* L *culdarios* O *caldoreos* C) *ornat.* 16 * *mundi: manibus* LOC. 20 *in undas* C: *mundas* LO.

16. Von Hyglac dem priester und vorsänger.

Um diese zeit erfüllte mit freuden das herz des würdigen abtes (Siguines) ein vorsänger, der hiess Hyglac mit namen. er ist der, von dem ich schon vorhin ein weniges in meiner erzählung berührt habe, als ich vom volke der Angelsachsen etliche fromme besang, ich ungelehrter und ganz niedrer schreiber (5). *aber sollte doch einer lust tragen es verständigen sinnes zu lesen, so komme er eilends, und treibt ihn der durst nach solchen dingen, nun so soll er untertauchen in den wogen und mag es ihn nicht grämen, dass sie trüb sind. darinnen ist es, wo der ungelehrige buchstab dem gelehrten abt (Sigwine) ein volltönendes lied zu singen* [1]) *sich abmüht, bis er zur stelle kommt, wo es heisst:* 'wird würdig singen können' (10). *dass aber der herr mit eigner hand um den gnadenreichen altar war, mag erst auf diesem blatt der vers sagen, und wie durch ihn kam so reicher segen* [2]) *auf das haupt des heiligen mannes (Hyglacs): denn, des lichtes beraubt, sieht er doch im wissenden herzen. und verlustig des leiblichen auges vermag er gute wie böse geister mit dem geistigen zu durchschauen* (15). *diesen hat abermals erblickt den hohen könig der welt umgeben, und wie seine seele glänzte im strahle der sonne, in einem gesicht ein bekenner unter den Angelsachsen. solches aber wenn einer will ordentlich wissen auf erden, dann stürze er sich jetzt suchenden blicks in die obgemeldeten wogen.*

Dass der grösste teil dieses abschnitts und sein schluss auf Hyglac geht, ist klar. ginge alles bis auf die anfängliche erwähnung des Hyglac auf Siguine, so wäre diese und die überschrift des kapitels sonderbar und unerklärlich. die vision aber, die der schwimmer finden soll — und wahrhaftig muss er in den wassern

1) *pompare,* vgl. Aldhelm de land. uirg. ed. G. s. 173.
2) *benedictio* dh. *domini.*

Æđs., sollen sie ihn nicht durch ihren tang (v. 7) zur umkehr zwingen, ein delphischer sein — was also der schwimmer finden soll, wird er im XXII. kapitel des vorliegenden gedichtes finden. Æđ. sieht dort in einer vision von strahlendem licht umgeben in dem raum, wo auch Christus verweilt, seinen alten freund Hyglac, und folglich ist Æđ. der *confessor* in v. 18. dass dies wort hier nicht in der gewöhnlichen bedeutung steht, beweist schon der unehrerbietige zusatz, *quidam*. in der bedeutung als gegensatz zum laien wird er für diese zeit und England schwerlich sich nachweisen lassen; wir werden vielmehr annehmen müssen, dass Æđ., bevor er abt wurde, beichtvater in seinem kloster war. Hyglac aber ist der blinde, der doch wenigstens geistig hell ist — ein kleines parturiuntmontes, da man nach den vorausgehenden vollen worten erwarten muss: es solle seine wunderbare heilung erzählt werden.

Die wogen, in denen die vision gesucht werden soll, bezeichnen das vorliegende gedicht. sie heissen aber die oben gemeldeten: und schon damit ist erwiesen, dass auch das, was beim erstmaligen tauchen in ihnen gesucht werden soll, sich in unserm gedicht finden muss. ich habe im text die verschiedenen casus bei *in* nach *mergere* geduldet, von denen die zweite stelle durch übereinstimmung der hss. in der corruptel fast noch sicherer steht als die erste in der reinheit ihrer überlieferung. aber bei einem dichter, der die formel liebt, gilt es den grund für solche abwechselung zu suchen. das gedicht ist mit einem wasser verglichen; wer in das wasser tauchen soll (*se mergere in undas*), der liest noch nicht im gedicht, der soll erst lesen; mag er auch schon im wasser gewesen sein: er ist ans ufer geschwommen, und es bedarf eines neuen sprunges. wer aber in einem wasser tauchen soll (*se mergere in undis*), der muss schon im wasser sein, der liest und hat schon gelesen. dies ist der psychologische grund, der den dichter bei verweisung auf eine frühere stelle seines gedichtes veranlasste, *in* mit dem ablativ, bei einer verweisung auf eine spätere *in* mit dem accus. zu gebrauchen.

Und wie bei der verweisung auf das kommende alle bedingungen erfüllt werden, so bei der auf das vergangene. von Hyglac ist bereits die rede gewesen, kurz vorher c. XV 27:

ast lector melos uoce articulata resultans
praedoctus biblis ad gaudia magna refundit.
cumque die ducto missarum cantica complent,
fratres concordi comitantur carmine patrem
ad mensam: nullus poterit tum dicere digne
quam studiose epulis cupiat sollempnia sancta
cum celebrare suis . . .

und ich habe vielleicht recht gehabt, anzunehmen, dass auf diese
stelle nicht nur verwiesen, sondern geradezu ihr umfang und wortlaut bezeichnet würde. ich habe *quod* XVI 9 für das genommen,
was wir jetzt mit anführungsstrichen auszudrücken pflegen. das
ganze ist etwas schwülstig, aber dadurch so geworden, dass der
dichter seinem freund Hyglac ein ganzes und eignes kapitel widmen wollte.

Nur eines scheint zu widersprechen: *iam dudum*. man ist
so daran gewöhnt: es mit *schon längst* zu übersetzen, dass man
sich gar nicht mehr erinnert: es habe auch andere bedeutungen.
Alchuine in seiner grammatik (ed. Froben II 1 s. 290) unter-
scheidet nach alter grammatischer tradition bei *olim* beziehung auf
gegenwart und zukunft, bei *quondam* auf vergangenheit, gegenwart
und zukunft, bei *dudum* auf vergangenheit und gegenwart. im
leben des h Willibrord bezieht er sich II XXXIII 3 *ut dudum
cecini* auf dies selbe gedicht I 5 und ebenso XXXIV 32 *olim* [1]).
Ædelwulf selbst XXI 1 citiert mit *cecini quam carmine quondam*
frühere teile desselben gedichtes, mit XX 53 *tetigi quem carmine
dudum* meint er desselben gedichtes XIV 19 (beides hat schon
Mabillon gesehen) und VI 35 *diximus ut dudum* [2]) geht sogar nur auf
VI 10 zurück. an allen diesen stellen steht *quondam olim dudum*

1) herr Ebert Gdldm. II 25 [1]) freilich sagt: *dass die schlussdistichen (was
Jaffé und Wattenbach nicht bemerkten) viel später hinzugefügt sind, trotsdem
ihrer in dem widmungsschreiben gedacht wird, zeigen sie selbst* (folgen die oben
angeführten stellen). *die erwähnung in der dedication muss also ein späterer
zusatz sein.* worauf Wattenbach Gq. [6] I 124 4) nicht hätte rücksicht nehmen
sollen.

2) zu lesen ist: *medio sub aggere mensam, diximus ut dudum, Petro quae
gignit odores praemites* (vgl. Cyprian in genes. 3 ed. Pitra spicil. solesm. I 171),
statuit: caelestis gratia ⟨a⟩cerris (terris LOC) quam rutilis flagrat.

Traube, Karoling. Dichtungen. 2

einfach für *supra.* womit erwiesen ist, dass ein früheres gedicht Ædelwulfs aus XVI 3 nicht gefolgert werden darf.

Näher als der gebrauch Alchuines lag Ædelwulf, als er *dudum* in dieser bedeutung setzte, vielleicht noch der Aldhelms, welcher c. VIII 34 (ed. Giles s. 116) mit *quorum descripsi iam bina uocabula dudum* auf v. 8 und 18 desselben gedichtes verweist: denn dieses gedicht Aldhelms war ihm immer wieder eine fundgrube für sein eignes.

Wir nähern uns hier einem gebiet, das — seit die weise beschränkung Lachmanns und Haupts aufgehört hat unter uns zu walten — ein lärmender, zeitspieliger und doch sehr billiger sport sich zum tummelplatz seiner rohen gedächtniskräfte ausgewählt hat. ich möchte wol wissen: wozu es gut ist, wenn man einer ausgabe des Sedul einen eimer, nicht einmal aus der quelle geschöpfter, Aldhelm-citate nachgiesst und dann wieder im Aldhelm eilt, den Sedul noch vollständiger aufzudecken. wer ist hier der nicht gut informierte und der besser zu informierende? den man doch wol bei derartigen untersuchungen im auge haben muss. nun gar dies sterile vergnügen immer weiter auch auf die späteren mittelalterlichen schriftsteller übertragen, von denen man doch gleichfalls weiss: wie sie arbeiteten und ja wol in einer für sie toten sprache auch arbeiten mussten, es übertragen ohne jede spielregel, so dass wir plötzlich glauben könnten, man habe im 9. jhd. Properz gelesen, wird es nicht nur den einzigen berührungspunkt mit der wissenschaft behalten, dass es endlos ist wie sie? — man gebe in der einleitung kurz an, welche schriftsteller der verfasser gekannt, beleuchte den grad der nachahmung durch ein paar beispiele: unter dem text aber citiere man nur da, wo der schriftsteller selbst citiert hat, wo aus dem nachbild für das vorbild oder umgekehrt etwas kritisch und textgeschichtlich gewonnen wird, wo die anführung das im text gegebene erklären, weiterführen, einschränken kann. vielleicht wird die arbeit so schwerer, aber sie wird auch brauchbarer sein.

Der grosse Mabillon hat unter den gründen, dass unser gedicht nicht in Lindisfarne oder in Farne entstanden sein könne, auch Æd. XX 13 *laetatur clerus in urbe* angeführt[1]): denn bei

1) es begegnet schon XV 33.

Lindisfarne oder Farne sei keine stadt gewesen. hier verlohnt es, zu wissen, dass die worte aus Aldhelm c. VIII 28 herübergenommen sind: *cuius in aduentu gaudet clementia Romae et simul ecclesiae laetatur clerus in urbe*; denn dadurch büssen sie ihre bedeutung ein. emendiert dagegen wird zb. Æd. XXII 72 f., wo Dümmler schreibt:

> *Eadfridus hinc gradiens per uasti moenia templi*
> *porticibus magnis minimisque*[1]*) induxit apertis.*
> *omnibus his rutilo capitellis undique cinctum*
> 70 *turibulum pendet fabricatum cominus auro:*
> *de quibus altithrono spirabant thura tonanti.*
> *cerea flammigeris uenerans altaria donis*
> *porticibus cunctis ardebant lumina clara.*

die einrichtung dieses in der vision geschauten tempels ist ganz nach Aldhelm gegeben 79 ff.:

> *hic quoque turibulum capitellis undique cinctum*
> 80 *pendet de summo fumosa foramina pandens.*
> *de quibus ambrosiam spirabunt tura Sabaea,*
> *quando sacerdotes missas offerre iubentur*

und ebda. v. 65:

> *et ueneranda piis flagrant altaria donis.*

durch verbindung beider stellen und das weglassen der *foramina* (Aldhelm 80) ist der sinn recht kümmerlich geworden; zu schreiben aber ist gewiss:

> *omnibus his rutilo capitellis undique cinctum*
> 70 *turibulum pendet fabricatum cominus auro:*
> *de quibus altithrono spirabant tura tonanti;*
> *cerea*[2]*) flammigeris uernant altaria donis:*
> *porticibus cunctis ardebant lumina clara.*

---

1) *que* habe ich auf grund von XXII 23 eingeschoben.

2) es kommt darauf an, ob L an dieser stelle *cerea* gibt, denn die initialen in O (*Perea*), und C (*Cerea*) beruhen durchweg anf conjectur. von L gibt Dümmler an, dass er 68 ff. verblichen sei.

Æð. XX 29 f. lautet bei Dümmler:

ut caelum rutilat stellis fulgentibus, omnes
sic tremulas uibrant subter testudine templi.

vorbild ist Aldhelm 73:

ut caelum rutilat stellis ardentibus aptum,
sic . . .

omnes steht in C, L ist an dieser stelle verblichen, *omne* aber, was
O hat, entspricht durchaus dem vorbild, sobald man das komma
hinter dies wort setzt. ebenso bezeugt Aldhelm v. 67 ff.:

quam sol per uitreas illustrans forte fenestras
limpida quadrato diffundens lumina templo [1])

für Æð. XX 25:

quam sol per uitreas illustrans candidus oras
limpida praenitido diffundit lumina templo

die güte der hs. O, aber auch hier werden wir, wie es scheint, von
L verlassen [2]).

LO geben Æð. XXII 34:

aurea cum gemmis flamescit lamina fuluis;

aus C hat Dümmler *flauescit* aufgenommen, aber vgl. Aldhelm 77:

hic crucis ex auro splendescit lamina fuluo

und Æð. selbst XXII 76:

hac (gegensatz zu *illa* v. 75) *rutilans auro flammescit* [3])
gratia mira.

zweimal erzählt Æð. von einem schön gearbeiteten kelch: XIV 18,
wo überliefert ist

presbiter iste deo concessit plurima dona
aureus iste calix gemmis splendescit opertus
    20   *argentique nitens constat fabricatus mallis* (LO, in *altis* C)
quem dedit ille pius . . .

---

1) vgl. Æð. XX 86 *limpida qui tribuant quadrato lumina templo.*

2) LC hat nach Dümmlers apparat *per nitida . . . templi*; dass L hier mit
C in der schlechten lesart stimmt, scheint mir nicht ganz sicher, und eher
ist wol anzunehmen, dass die schrift in L hier schon unleserlich geworden,
was von 27 an bezeugt wird.

3) siehe über das wort Sittl in Wölfflins archiv I 485 f.

und XX 53

> *aureus ille calix, tetigi quem carmine dudum,*
> *ac late argento pulcre fabricata patena*
> *celatam (L, caelatas OC) faciem portendunt apte figuras.*

beide stellen sind verdorben. vorschwebte Aldhelm:

> 72 *aureus atque calix gemmis fulgescit opertus …*
> 74 *sic lata argento constat fabricata patena.*

quem bei Æð. XIV 21 und XX 53 bezeugt wider erwarten, dass er an der ersten stelle nur von dem kelch gesprochen hat; und die patene dazu ist ihm vielleicht erst im weiteren verlauf durch die erinnerung an Aldhelm aufgedrängt worden. ihre attribute hatte er zuerst auf den kelch selbst angewandt. vielleicht muss es heissen:

> *argentique nitens constat fabricatus opellis*

und XX 54 f. wahrscheinlich:

> *ac lata argento pulcre fabricata patena*
> *celata in facie.*

Wer bei Aldhelm solche anleihen gemacht hat, wird sie bei Beda nicht unterlassen haben. benutzung des gedichtes auf Cuðberht bestätigt sich auch, doch ohne weiteren gewinn.

Wichtiger ist, dass Æðelwulf die grosse lateinische bibeldichtung benutzt hat. Aldhelm hat sie gekannt (vgl. zuletzt Manitius Aldhelm und Baeda s. 11 f.), ferner Beda (vgl. Peiper im Avitus s. LXII ff.) und Alchuine (vgl. zb. Mon. alc. s. 802 [1]); dass auch der vierte, der sie kennt, Angelsachse ist, darf nicht übersehen werden; doch wird man es — vor allem wol für die textgeschichte — erst ausbeuten können, wenn jenes werk, von dem wir uns vorläufig nur eine ungefähre vorstellung bilden können, in vollständiger und kritischer ausgabe vorliegt [2]).

---

1) in des Osbernus Panormia (ed. A Mai cl. auct. VIII) findet man s. 599: *unde Alcuinus 'protinus ascribet uati populoque uiritim'.* es ist ein vers dieser bibeldichtung in Ios. 405. offenbar ist *Alcimus* zu lesen, dem auch Mico den vers zuschreibt (vgl. H Keil exempla poetarum s. XIII und Peiper s. LXVIII). ein anderes poetisches fragment, das Osbernus s. 622 dem Alchuine zuweist, ist weiter nichts als Aen. VI 416.

2) für die wiener ausgabe der kirchenväter ist eine solche von Peiper versprochen.

Doch will mir scheinen, als habe Æd. es bei der arbeit neben
sich gehabt. ich vergleiche zwei stellen miteinander, indem ich
jo in den text die nötigen sich meist erst aus der vergleichung
ergebenden verbesserungen einsetze.
Cyprian schreibt in exod. 13 63 ff. (Pitra spicil. solesm. I
206 f.) — was man mit einem vorhieronymischen text exod. 34
16 ff. zu vergleichen hat (etwa mit cod. lugd. ed. Robert
s. 191 f.) —:

mox sanctus ab aula
effatur dominus caeli quae iusserat ante:

1365   ut, cum uulnifica populus post bella quiesset[1])
      otia respiciens, tantum consortia nosset
      de populo concessa suo, ne forte uirorum
      incautas mentes fallaci eluderet astu
      coniux sumpta foris profanaque sacra doceret.
1370 iamque quater denos celeri cum lumine soles[2])
      triuerat hic uates nullamque assumpserat escam
      ieiunum referens ad castra ingentia pectus.
      illum conspicuae fulgentem lampade flammae
      obtutu[3]) timuere uirum fraterque ueretur
1375 mortalis reuocans fulgenti a lumine[4]) uisus.
      nescius at uates subitae uirtutis honore[5])
      sacratum uisum esse sibi, formidine[6]) plebis
      noscitat immensi uelandum luminis ictum,
      ne Iudaea cohors cum uisu auerteret aures.
1380 sed cum pacifica domini se ad uerba ferebat,
      lutea perspicuo tollebat lintea peplo.
      illicet exhibitis populo certante metallis

---

1) * qui esset codd., quiescet Pitra.
2) * soles aus Æd. v. 11: solis codd. ex Pitrae sil.
3) * obtutus codd. ex Pitrae sil.
4) * mortalis (di. natürlich accus.) r. fulgentia lumine C mortales r. fulgenti lumine.
5) * mit Æd. v. 17: honorem codd.
6) * sacrato uisisse sibi f. A sacrata uisa sibi f. C; sacrata uisa sibi de formidine Pitra.

et quas Sidonio tinguntur uellera luto
artibus eximiis sacratam perficit aedem.

Daraus hat Æd. auf den teufel anwendend was Cyprian von den nichtjüdischen frauen sagt, ja auch das was jener Moses durch gott verleiht, folgendes über abt Eorpuin und seine mönche umgedichtet XIII 11 ff.:

> *triuerat hic soles nullamque adsumpserat escam*
> *ieiunum[1]) referens uolitanti lumine pectus.*
> *nec mirum: excellens faciat si talia princeps[2]),*
> *cum[3]) maiora boni patrent[4]) his aeque minores.*
> 15 *atque dies multas certant ieiunia Christo*
> *reddere, ne mentes fallax eluderet astu*
> *incautas hostis subitae uirtutis honore.*
> *saepius ipse luit[5]) sacrae formidine plebis*
> *bella nefanda: simul[6]) populo certante[7]) fideli*
> 20 *au.rilium praestans Christus concertat ab arce.*

Ein derartiger cento kommt denke ich nur zu stande, wenn man das nachgeahmte werk nicht nur im kopfe sondern auch zur hand hat. Æd. XXII 78:

> *saphirus hic solium biriloque adnexus inante[8])*
> *fecerat eximium dominus cui insederat almus*

dürfte nicht zurückgeben auf die überlieferung der hss. in Cyprian exod. 1157:

> *saphirus hanc sequitur . . . . .*
> *. . . . . berillo annexus onychnus,*

---

1) * mit Cyprian 1372: *ieiunium* LOC.
2) vgl. Beda Cudb. XVI 5.
3) L: *dum* OC, vgl. VIII 8.
4) * *patrent* LOC.
5) * *fuit* LO *fugit* C.
6) * *sinunt* LC *siuunt* O.
7) * mit L und Cyprian: *certare* OC.
8) *inante* (so zu drucken) findet sich zb. auch bei Alchuine I 920 (Pk. I 190).

sondern etwa auf von ihm vorgefundenes:

... *berilo annexus onychinus* [1]).

ganz gewiss lag ihm eine falsche lesart vor, als er schrieb
XX 50 f.:

> *hic tamen haec placuit rerum commenta nouare,*
> *mirificis sunt facta modis quae: laudibus ornet*
> *uersificus, poterit qui digne haec dicere doctus.*

denn während Cyprian exod. 1140 f. (Pitra s. 201) zu lesen ist
und von einer hs. überliefert wird:

> *multaque praeterea rerum commenta nouarum*
> *mirificis sunt facta modis, quae dicere qui uult,*
> *expromat citius, pelagus quas uoluat, arenas,*

las Æd. was die audere hs. uns bietet:

> *multaque praeterea rerum commenta nouarunt.*

Am wenigsten ausgeschrieben hat Edelwulf das gedicht,
welches ihm bei seiner arbeit vielleicht am meisten vorbild war[2]):
Alchuines auf die kirche von York (bei Dümmler Pk. I 169 ff.).
20 jahre ungefähr vor seinem erschienen (vgl. Wattenb. in Mon.
alc. 80), liegt es ihm zeitlich und inhaltlich am nächsten. anfang und ende: die entschuldigung mit dem *pectus stolidum* (Alc. 5
Æd. I 4 und XXIII 1) und das ausklingen der erzählung in einer
vision entsprechen sich, beiden ist eingeflochten ein ruhmeskranz
der eignen lehrer. bewusste nachahmung im einzelnen wird ver-
misst[3]) und ein formeller unterschied trennt sie. Alchuine konnte
im bewusstsein der bedeutung Yorks seinem panegyrikus den ton
einer öffentlichen enunciation geben; Ædelwulf wendet sich an einen
freund und nur an diesen im gelegenheitsgedicht. Alchuine hatte
Beda hinter sich und konnte ihn für den grössten teil fast wörtlich benutzen; Ædelwulf mag mit mühe spärlichen klosternotizen

---

1) oder ist *que* eingedrungen, nachdem es zu v. 68 ebda. nachgetragen war?

2) über den literarischen verkehr Alchuines mit Lindisfarne s. u.

3) gemerkt habe ich mir nur Alc. 269 vgl. Æd. XIII 9. Alc. 532 vgl.
Æd. praef. 8, Alc. 1492 vgl. Æd. VI 10, Alc. 1526 vgl. Æd. XVIII 10.

und mündlicher tradition soviel abgerungen haben, ein einigermassen lebendes bild zu gestalten. nicht vergeblich hatte wol Alchuine seinen Lucan gelesen und träumte damals noch etwas von antiker unsterblichkeit des sängers im lied; Ædelwulf erhofft als lohn einzig die fürbitte des freundes im himmel. der gedanke Alchuines ist in erfüllung gegangen: der grosse schüler Yorks ist in kurzer frist der geistige beherrscher Europas geworden und lange geblieben; das kloster Ædelwulfs mag bald darauf dem ansturm der Normannen erlegen sein: und vergeblich blättern wir in den kurzen chronistischen aufzeichnungen Northumberlands seinen namen und den seines sängers auch nur erwähnt zu finden[1]).

Der dichter war schliesslich sein eignes vorbild. hatte er sich einen bequemen ausdruck geprägt, so gebrauchte er ihn fortwährend passenden und unpassenden ortes. so ist sein gedicht voller formeln geworden und einzelne ausdrücke wiederholen sich darin zum überdruss. auch diese beobachtung ist in den dienst der kritik zu stellen. und wenn zb. XXI 31 f. die hss. geben:

quin potius cuneus mira cum luce coruscans
uocibus aurigeris cineres uitare sategit,

so wissen wir, dass *uisitare sategit* zu lesen ist aus V 7

hunc domini seruus ueniens uisitare sategit.

Es bleibt übrig die überlieferung des gedichtes selbst zum gegenstand der untersuchung zu machen, nachdem wir aus mittelbaren quellen angefangen haben uns ein bild von dem grade ihrer treue und dem verhältniss der hss. zu machen.

Ædelwulf ist durch drei hss. überliefert, die mir nur durch Dümmlers ausgabe zugänglich sind: die londoner (L) british museum cottonian ms. Tiberius D. IV nach Na. IV 254 s. IX. ex. nach Pk. I 582 s. X. ex., die oxforder (O) bodleiun ms. 163 s. XI. ex., die cambridger (C) der university library Ff. 1. 27 s. XIII.

C ist nur am anfang und schluss von F Liebermann nachverglichen worden, woraus sich ergab dass der text Mabillons

---

1) unergiebig für das auffinden der abtreihe ist auch der liber uitae ecclesiae dunelmensis (herausgegeben von der Surtees-gesellschaft als band XIII der veröffentlichungen).

Ass. s. IV 2 304 ff., den ihm Th Gale aus dieser hs. vermittelte,
die hs. nicht getreu wiedergibt; auf die vergleichung von L, die
F Liebermann verdunkt wird, kann man sich — wie ich aus an-
derweitiger erfahrung weiss — gewiss in jedem punkt verlassen,
die hs. aber hat gelitten und ist stellenweise unleserlich; die vergleichung von O, die G Parker besorgt hat, habe ich keine mittel
nachzuprüfen oder zu beurteilen.

LOC gehen in letzter linie zurück auf eine lückenhafte und
auch sonst nicht eben getreue abschrift des ædelwulfschen textes.
VII 20 ff. lauten in den Pk. nach den hss.

> *talibus exornata bonis, in uestibus albis*
> *inclita, sed uario comptim (comti C) permixta colore*
> *a dextris uirgo et genetrix astare uidetur (uidere LO).*
> *rectoris caelos terras qui et numine portat.*

aber *talibus exornata bonis* ist eine formel, die sich nur auf das
kloster und seine insassen beziehen kann vgl. VII 7 ff. IX 7 f.
XVIII 33 ff., und *uidetur* ist eine viel zu schwere änderung; es
fiel etwa folgendes aus:

> *talibus exornata bonis ‹iam gaudia crescunt:*
> *aligeri laeua poterunt› in uestibus albis,*
> *inclita sed uario comptim permixta colore*
> *a dextris uirgo et genetrix astare uideri*
> *rectoris, caelos, terras qui et numine portat.*

ebenso weist auf eine lücke XVIII 1 f.:

> *presbiter huic functo dictus cognomine Vulfsig*
> *cogitur ecclesiae precibus pia regere castra,*

denn *huic* war wol von einem folgenden *succedit* oder dergl. ab-
hängig; auch fiel ebda. vor 6 vielleicht ein vers aus, der das jetzt
fehlende und aus *ecclesiae* nur mühsam zu ergänzende subject zu
gaudet enthielt vgl. etwa XX 59. XXII 41 ist in allen hss. eine
erklärung in den text gedrungen und hat ein wort verdrängt. In
den Pk. wird gelesen:

> *hinc oculos uertens partem qua (quam OC) dextera monstrat*
> *aurigeris solium splendescere uidi (rite LOC) tabellis.*

ein verbum fehlt, darf aber durch *uidi*, einen metrischen fehler

wie ihn Æd. sich nirgend zu schulden kommen lässt nicht er-
kauft werden, auch ist *rite* durch XX 47 geschützt; dagegen ist
partem nicht nur überflüssig sondern auch ohne construktion und
wahrscheinlich nur glosse zu *qua*, an seiner stelle werden wir etwa
cerno schreiben dürfen.

Ein eigenartiges versehen hatte diese abschrift VII 13 f., wo
unsre hss. lesen:

> *noctibus in gelidis tolerat dum frigora uitat* (*durat* nur C)
> *ignibus in mediis ingentia frigora uitat;*

denn in 13 ist *uitat* aus 14, in 14 *frigora* aus 13 eingedrungen,
indem bei Æd. etwa folgendes untereinander stand

> *dum frigora uitae,*
> *ingentia feruida uitat.*

Einzelne falsche lesarten sind endlich LOC durch das ganze
gedicht gemein — ich gebe hier immer nur auf noch nicht bemerk-
tes oder von mir abweichend beurteiltes ein; an erster stelle steht
immer die lesart der hss., an zweiter meine verbesserung.

I 20 *nec querula in quoque* (*quoquam* C wol nur verbesserung
Gales oder Mabillons s. u.) *corda mouere tua* m(uss) b(eissen):
in quęquę;

IV 8 *patrem comitantur eundem* mh. *euntem;*

V 3 ff: *undae quo glaucis cupiunt crispare fluentis*
litora, quin refluis satagunt nutadare (*nudare* C) *meantes*
cursibus
mh. *uada dare;*

V 6 *atque itiner cupidum pandunt* mh. *subitum;*

VII 8 *incipiuntque pii sese praecurrere* (*praecurre* O) *Christo* mh.
praecingere;

VIII überschrift *QVOD* ist überflüssig, von hier an werden die
überschriften ohne *quod* gegeben;

VIII 1 *fama citat plures perfectam uisere* (*ducere* C) *uitam* mh.
uiuere uitam, diese figur wendet Æd. auch VII 2 *gaudia gau-*
det an;

VIII 15 *instituit fratres rapiant ut lumina celsa* mh. *cupiunt;*

VIII 42 *excoepto linguae plectro* mh. *excaepto;*

X 17 *dum celebrant rursusque suas uisitare quietas incipiunt* mh.
quietes vgl. XXI 29;

XI 9 ff.:

> *cumque diu trepidus per tristes ire phalanges*
> *cogitur, en subito nitidis quae uultibus olli*
> *apparuere uiri, tenero quos corpore natos*
> *iam morbus quondam uitae detrusit ab oris*
> *instantis tinctos nuper,*

10 hat Wattenbach für '*quae*' '*quasi*' geschrieben, was nicht richtig weil sie wirklich *nitidi* sind, zu vergleichen ist XXII 5
wo offenbar das gleiche wort verdorben ist *nitidis iam* (L,
cum OC) *uestibus album*; da Æd. die steigerung sehr häufig
durch *quam* mit positiv vollzieht vgl. IV 25 *quam nitidus*
VI 37 *quam rutilis* X 25 *quam bene* XX 11 *quam laete* X 29
quam multus (auch XI 32 so) und *quam plures* (auch als positiv betrachtet und getrennt zu drucken) VIII 19 usf., so
ist wol an beiden stellen *nitidis quam* herzustellen in durch
das metrum veranlasster gezwungener stellung, XI 11 ferner
mh. *apparent pueri* vgl. 26 und 30;

XI 17 *ibat ad iudicium*, derartige metrische fehler hat Æd. nicht
begangen, mh. *ibat iudicium*, *ire* mit blossem acc. vgl. Pk.
III 1 s. 44 anm., der gleiche fehler liegt XI 60 vor: *mentibus
laxatis* (*luxatis* OC) wo ich eine sichere heilung nicht finde,
vielleicht *mulctis laxatis* [1]):

----

1) ich gehe hier noch kurz auf einiges andere prosodische ein. von den
gewöhnlichen regeln über die prosodie der endsilben gestatten sich die karolingischen dichter etwa folgende abweichungen: 1. *a* im ablativ der ersten
deklination kann kurz sein: 2. *e* der adverbien ist meist kurz, statt *e* im ablativ
der dritten deklination wird wo eine länge gefordert ist der dativ gesetzt;
3. statt des dativs der dritten deklination wird wo eine kürze gefordert ist
der ablativ gesetzt. vgl. zb. Æd. XIII 28 *principe signant*, Ermold in hon.
Hlud. I 206 (Pk. II 11) *rege datur*, wo Dümmler nicht *regi* schreiben durfte,
Alchuine XIII 9 (Pk. I 237) *uestrae pietate remisi*, ebda. XLIII 48 (Pk. I 255)
magno papae et pastore Leoni, ebda. 29 (s. 256) *quid cui conueniat personae et
tempore cerne*, ebenso sind auch die von Simson Fzdg. XII 590 aus dem
gedichte über Karls und Leos zusammenkunft angeführten für dative gesetzten
ablative zu beurteilen: 4. *o* im ablativ nur kurz bei gerundien, weswegen

XI 39 ff. wird Pk. geschrieben:

> *obsecrant: 'mater, nobis miserere precamur,*
> *coniunctique tui meritis sine crimine solue,*
> , *sedibus e summis radianti lumine uibrans.'*

41 aber gehört nicht mehr zur rede der kinder, sondern gilt der schilderung der gattin wie sie 42 *uestibus aurigeris in toto corpora plena, femina corripiens despexit facta mariti* vgl. XI 21 *sedibus e summis respondens talia fatur*; derselbe interpunktionsfehler ist XXII 53 ff. stehen geblieben wo vielmehr so zu lesen ist: *confestim respondens talia fatur sedibus e summis: 'oculos conferre* usw.; aber XI 40 ist noch ein anderer den drei hss. gemeiner fehler zu heben, es mh. *coniunctique tui meritis sine* (wenn er es auch nicht verdient) *crimina solue;*

XIV 22 vielleicht *iam* statt *cum* LOC;

XVII 6 *quos in peccatis famulis imitare negarit* mh. *quos, si peccatis famulans, imitare negarit* vgl. III 12 und XXIII 12;

XVIII 28 *namque diem nullam uoluit dimittere praeter* (C, *perter* LO) *munere quo sese assistens non ornet opimo* mh. *namque d. n. u. dimittere, praeter munere quo sese assistens honeraret opimo;*

XX 2 *capiant nunc* mh. *capiant ut;*

XXI 9 *deseruique*[1]*) alium fratrem comitatus adiri* mh. *adiui* vgl. XXII 7;

XXI 12 *modulans quae carmina ructat* mh. *modulansque et c. r.;*

XXI 14 *candentem luce delubrum* mh. *candens en l. d.;*

XXI 27 *continuo (continuoque* C) *polum cantus cum lumina pulsat* mh. *caelum* und dann mit C *lumine;*

XXI 33 *in tetrae noctis cum tempore strata mansissent fratres,*

Æd. IV 18 *cum gaudio* unmöglich ist: wozu stimmt, dass plur. *gaudia* vorgezogen wird, es muss wahrscheinlich *ad gaudia* heissen; 5. *us* der vierten deklination kann verkürzt werden. viel mehr dem vergessen war die kenntnis der quantität der innensilben ausgesetzt. auch der hiatus — bemerke ich beiläufig — ist nur in gewissen fällen statthaft und ein *meritum a numine poscit* (Æd. IV 17) unmöglich, es muss dafür vielleicht *rogitans* stehen.

1) *que* steht hier wie so oft an der stelle wo *et* stehen würde.

Dümmler verbessert *strati,* mh. *stratis* auf ihren lagerstätten vgl. XX 18 *e stratis properant;*

XXII 3 *tempus erat noctis, lucem cum praedicat ales,* | *algida post ymnos laxassem* (O, *laxassent* LC) *membra quieti, furtiuus adueniens somnus subrepsit ocellis,* Wattenbach verbessert *furtiue,* mh. *protinus,* für *laxassem* oder *laxassent* das nicht von *cum* abhängen kann vgl. XVIII 21 vielleicht *laxabam,* vgl. dazu Aen. V 836 wonach aber *quieti* nicht in *quiete* verbessert zu werden braucht[1]);

XXII 25 *e quibus inde plagas bis binae quattuor orbis* | *aspiciunt sursum spatiantes edita muri,* wahrscheinlich *equant inde plagas b. b. q. orbis,* | *aspiciunt:* es kommen immer 12 auf eine himmelsrichtung, wer oben auf ihnen spazieren geht hat die höhe der mauer vor sich.

XXIII 10 für *dum meliora uelint* wird es *uolent* heissen müssen[2]).

Es ist von vornherein klar — und wird auch durch die fehlerquellen bestätigt —, dass die abschrift aus der LOC flossen, in angelsächsischer schrift geschrieben war. interessant ist es, dass Ædelwulf selbst in VIII 3 ff. ein zeugnis ablegt über den einfluss der irischen schrift auf die angelsächsische; im kloster Eanmunds suchten viele ein vollkommenes leben zu führen:

e quibus est Vltan praeclaro nomine dictus.
presbiter iste fuit Scottorum gente beatus,
comptis qui potuit notis ornare libellos,
atque apicum speciem uiritim sic reddit amoenam,
hoc arte ut nullus possit se aequare modernus
scriptor; nec mirum: domini si talia possit
cultor, cum digitos sanctus iam spiritus auctor
rexit et accendit sacratam ad sidera mentem;[3])

1) in den versen die man auf den Heliand zu beziehen pflegt, v. 22 (ed. Sievers Halle 1878 s. 5) muss es heissen: *fessa* | *conuictus somno tradidisset membra quieti* (*quieto* Flacius).

2) zu den fehlern gehören falsche worttrennungen nicht; mir ist als noch nicht verbessert aufgefallen: XV 22 *in numero* mh. *innumero,* XX 34 *super aucta* mh. *superaucta,* XXII 86 *quae* mh. *qua e.*

3) so habe ich die stelle interpungiert und 6 mit LO *uiritim* für *uitam* C geschrieben: *uiritim* misst auch Radbert. Paschasius.

v. 44 f. heisst es bezeichnend für die irische schrift:

curre rogoque patris memorare adferre lacertum,
pingere quo domini meruit iam mistica uerba;

auch wird v. 56, wo L *pectorem* O *uectorem* C *rectorem* überliefert, *pictorem* von Vltan gesagt gewesen sein.

Die abschrift aus der LOC flossen war unmittelbare vorlage nur für L, OC beweisen durch eine reihe sonderlesarten — wo L das richtige hat — und durch eine gemeinsame lücke[1]), dass sie erst aus einer abschrift dieser abschrift stammen; und wir erhalten:

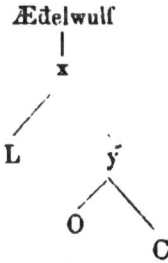

Da L eine durchaus getreue abschrift von x ist, so wird die lesart von x überliefert von L, Ly, LO, LC; selten ist y besser als L; einige male scheint allein O, häufiger allein C die richtige lesart zu geben, aber so weit nicht irrtümer in den collationen vorliegen, wird dies kaum die lesart von y gewesen sein, sondern ist durch conjectur des schreibers, in C hauptsächlich von Gale und Mabillon gefunden. ein technischer unterschied besteht ferner zwischen L und y; in L waren die initialen vorgezeichnet, vgl. VI 67 XVI 17, in y[2]) wurden sie für den rubricator ausgespart und von diesem an vielen stellen falsch ergänzt.

Die vorzüglichkeit von L, die sich uns bereits nebenbei

---

1) VIII 23 sind beide von *Ossibus ac lotis* auf 28 *Ossibus hinc lotis* abgesprungen, auch O wird wol 28 *Ossibus hinc* (nicht *ac*) *lotis* haben.

2) schon in y, wie VI 23, XI 23, XIII 14 beweisen; die anderen zahlreichen initialenfehler, die sich jetzt nur aus O nachweisen lassen, hat C oder Gale oder Mabillon gehoben.

im verlauf der untersuchung überall bewährt hat,[1]) muss noch
an folgenden stellen anerkannt werden:
II 6 *extitit apprimis sed non moderatus in annis*, OC haben *a
primis*, mb. *ah primis*;
VIII 52 *os caput ammonitum*, OC *admotum*, mb. *ammotum*, vgl.
IV 17;
XI 4 *degrediens mundo passus componit in atus* aber die lesung
ist nicht sicher, O *in aruis*, C *in oris* dem sinne nach richtig;
Merchdeof befindet sich wie es 12 heisst *in uitae oris* oder
nach 67 *in mortis oris*; in L steht wol das richtige *actis*
'küstenland', C hat eine dazugesetzte glosse, O eine conjectur
aufgenommen. —
Aus LO ist die richtige lesart noch an folgenden stellen zu
gewinnen:[2])
XI 44 ff. ist nach LO und mit veränderter interpunktion herzustellen

> *cur, tu stulte, fidem corruptus corpore, mente*
> *irrita uota gerens copulam coniungere nuptus*
> *ausus eras maculans thalamis tua membra secundis?*
> *foedera cum manibus domini per nomina summi*
> *ante diem mortis formando gessit uterque,*
> *post mortem alterius maneat quod criminis expers.*

45 hat LO *nuptis* C *natis*, 48 braucht *formando* kaum in
firmando geändert zu werden;
XI 51 ist zu lesen:
*uir pedibusque (puendusque LO, pauidusque C) ruens confestim
linguere (lingere C) terram incipit;*
XI 71 *cum* (LO, *cumque* C) *suis medicans frater cataplasma salutis
fecit* mb. *consutis;*

---

1) ich füge noch ein beispiel bei wo auch Dümmler die lesart von L
aufgenommen hat — solche stellen habe ich sonst auch hier immer über-
gangen — XII 56 hat O *haec ubi tonuit* C *haec cum detinuit* L *haec ubi de-
tonuit* und das ist einer formel Cyprians (vgl. ex. 219. 1092) nachgebildet.
2) ich stelle wieder ein gesichertes beispiel her, in dem auch Dümmler
die lesart LO gegen C aufgenommen hat: XVIII 31 *cibi*, C *sibi*, zu vgl.
Cyprian exod. 680.

XIV 2 hat C *hic cellam multis donariis auxit*, was metrisch nicht angeht, aber der metaplasmus in LO *donaribus* ist das richtige und wird erklärt durch anlehnung zb. an *luminare*; XIV 9 und XX 49 steht in LO richtig *splendunt*, woraus C *splendent* macht; so steht XXIII 11 *miscēre* (darnach ist VIII 60 mit LO *inmiscunt* statt *inmiscent* C zu schreiben), XX 7 *lucēre*, VIII 41 *commonēre*; umgekehrt steht *tribuēre* I 16 *tribuet* für *tribuit* XXII 103 (aber *tribui* V 9 XI 25`, *abscondent* XX 17 (aber ebda. 37 *condunt*), *claudent* XIV 8 (so ist mit LO zu schreiben, C *claudunt*), *iungent* dh. *ueniunt*[1]) VI 63 und XIV 13 (aber *iungunt* C und XX 15 *iungit* LOC), *farcent* für *farciunt* IV 12, *laniat* statt *laniet* (von einem verb *lanire* also) IV 21; ferner[2]) ist *radientem* (LO; aber *radiantem* C) XXII 6, *radiente* (LO; aber *radiante* C) XXII 63 (aber praef. 9 wo L fehlt und XI 41 anscheinend LOC *radians*) und XXII 26 *spatientes* (mit O; wofür LC unabhängig von einander *spatiantes* geschrieben zu haben scheinen) herzustellen. —

Dass LC XXII 63 mit *ad cuius dornum nitidi radiente metallo* das richtige überliefert — vgl. zb. XIV 9 — wurde übersehen; ebenso ist nach LC XIV 14 *quod* (LC, *quos* O) *meritis cupiunt semper defendere sancti* (*sanctis* LOC) herzustellen. —

Nach C allein konnte Dümmler den text an manchen stellen berichtigen; ich füge folgende hinzu:

IV 23 *undique praecomtos transmigret*[3]) *lucis in horas* mh. *oras* mit C;

XI 65 *natis comitantibus almis* mh. *albis* mit C, vgl. 34:

XXI 7 *ocius inde suos cupiunt adcurrere lectos* mh. *cupiunt* mit C[4]);

XXII 17 wird statt *nituerunt* L *ratuerunt* O richtig sein *patuerunt* C; dann ist aber trotz der verletzten prosodie 19 *paruerunt* mit LO statt *patuerunt* C zu schreiben. doch wird es sich

---

1) vgl. zuletzt Abel-Simson Karl d. grosse s. 660.

2) vgl. zu diesen formen Pk. III 1 s. 72 anm. 1 und s. 113 zu vers 201, *radiemcia* aus einer hs. s. VIII. IX. auch Pk. I s. 136 V 2, 2.

3) über *transmigrare* mit accus. vgl. zb. Alchuine orth. ed. K. s. 811.

4) *adcurrere* mit blossem accus. steht auch VI 52 XX 18; ebenso *adducere* XI 61 *addicere* VIII 48.

hier nicht um lesarten aus C handeln, sondern — wie schon
hervorgehoben — um vermutungen des 17. jhd. —
Auch O scheint einige male gegen LC das ursprünglichere
zu haben. diese fälle scheinen so wichtig, dass ich auch das von
Dümmler schon richtig beurteilte material heranziehen muss:
XX 26 wurde oben s. 20 anm. 2 besprochen und ausgeschieden;
XV 34 *atque domum gratulans* (LC) *clamoso carmine complet*, ist
mit O *quatitans* zu schreiben, vgl. XXI 16 u. Aldh. c. VIII 49;
XIX 17 *clausit iter secli non claudens gaudia uitae* ist die ent-
schieden richtige auch von Dümmler aufgenommene lesart
in O, *hausit iter caelum* steht in LC;
XX 48 ist zu lesen *impressas poteris digitis quis cernere formas*,
LC hat *poterit digitis*, O *digitas poteris: quis* steht hier sicher
für *quibus* nicht gleich *aliquis*.

In diesen drei fällen wird es nicht leicht sein, ·für die güte
von O einen grund zu entdecken der mit der sonstigen über-
lieferungsform des sædelwulfschen textes übereinkäme; möglich
scheint mir die annahme, wenn die lesarten in L sich bestätigen
sollten, dass in x doppelte schreibungen waren, etwa im text und
am rande, von denen L nur die des textes übernahm, y beide
an gleicher stelle wie x setzte und C dann die schreibungen des
textes, O die richtigen schreibungen der verbesserung[1]) aus y
abschrieb. durch conjectur von O oder durch gleichartige selbständige schreibfehler und abänderungen in L und C erklären
sich einfacher folgende 5 stellen. an denen ferner O gegen LC
das richtigere überliefert:
I 17 vgl. oben s. 10 anm. 6: die lesart in O kommt dem herzu-
stellenden näher als LC, kann aber auf conjectur beruhen
(LC zog falsches *hanc* zu *requiem*, O falsches *haec* zu *carmina*);
VI 49 *hirtis* O, *hircis* L, *istis* C, vgl. ebda. 52 *hirtis* LO, *istis* C:
49 kann O durch conjectur aus 52 das richtige haben oder
hircis statt *hirtis* in L ist nur schreibfehler;
X 42 will ich nicht entscheiden ob nicht die lesart *captare* in LC

---

1) dadurch würde sich dann XX 48 die umstellung erklären.

vielleicht die Æđelwulfs ist: *captura* O konnte jedesfalls
durch conjectur gefunden werden;

VII 19 *ieiunia sancta* was richtig ist — vgl. zb. Theodulf V 1
(Pk. I 459) — konnte sehr leicht aus *sanctam*, wie LC haben,
gewonnen werden;

XXII 29 hat LC *permiram,* O *premiram,* und dies, was leicht
unabhängig in LC *permiram* werden konnte, verdient den
vorzug, vgl. I 11 XXI 13 XXII 81; ferner schreibt Æđ.
vielleicht dem bibelgedicht Cyprians folgend *praenitidus* XX
26, *praemitis* IV 26 VI 36 XV 1, *praepulcher* VI 31 VIII
37 XIV 6 XIV 33, *praecultus* VIII 2, *praepauidus* XXII 5,
praecelsus XXII 32, *praedoctus* XV 28, *praeacutus* V 14, *praecomptus* IV 23 VI 33 (wonach auch XVIII 26 *praecomptus*
für *percomptus* zu schreiben sein wird) und es bleibt nur ein
einziges adiectiv *pertrepidus* XXII 38, was aber wol auch
nach analogie von *praepauidus* in *praetrepidus* zu ändern ist[1]). —

Hiermit wären, so viel ich sehe, alle fehler des æđelwulf-
schen textes entweder behoben, oder angedeutet; zur beförderung
des verständnisses aber muss noch die interpunktion, die ich auch
oben schon überall mich bemühte richtig zu stellen, an mancher
stelle besprochen werden:

I 15 i(st) z(u) i(nterpungiren): *sin alias, uati*;

VI 39 ff. izi.:

> *haec dum gesta suo instituit mandare magistro,*
> *nuntius ad patrem patris perferre loquelas*
> *uenerat atque pio pastori talia fatur:*
> '*Ecgbercht te domini famulus sua uoce salutat* .. ,

denn Eanmund will Ecgberht melden, wie er das kloster einge-
richtet habe, inzwischen kommt ein bote von Ecgbcrht zu Eanmund und bestellt Eanmund Ecgberhts grüsse;

X 40 izi.:

> *ergo ubi trans celsi conscendunt limina solis*
> *angelici cunei modulantes carmina, caelum*
> *clauditur extimplo* usw.;

---

1) nur in der tmesis steht VI 55 *perque itiner durum.*

XIV 30 izi.:

> *sanctam cumque diem sacrauit uirgo Maria,*
> *qua* (so statt *quo* LOC) *uolitans caelos meruit penetrare*
> *per altos* usw.;

XVII 11 izi.:

> *tempore completo praedictus corpora pastor*
> *linquerat* [1]) *et requiem meritis factisque paratam*
> *ingreditur; cuneus nimia cumulante caterua*
> *ad crucis excelsae, princeps quam condidit ipse,*
> *adponunt signum sacratae membra quieti,*

zu *ingreditur* vgl. VIII 49 X 43 XII 4 XVIII 38, der *cuneus* ist
die schaar der brüder vgl. VIII 58 XX 58, plur. *adponunt* ist nach
dem sinne construirt;

XVIII 9 izi.: *huic ego dum* usw.;

XX 3 ff. izi.:

> *atque deo studeant condignam condere laudem,*
> *quod sine nos meritis tribuit non hostibus umquam,*
> *imperio procerum recli nec subdidit imos.*;

XX 8 nach *benigni* fehlt :;

XXI 14 ff. izi.:

> *intrant siderea candens en* [2]) *luce delubrum*
> *spiritus ac geminis* [3]) *distincti classibus ymnos*
> *tales concinnunt; quatitans ad culmina cantus*
> *ascendit caeli, insonuit laquearibus altis:*
> *et si non structura, tamen meritis micat almis*
> *ad celsos montes, superant qui sidera caeli.*
> *auxilium* usw.,

wenn auch der bau als solcher nicht hoch ist, so ragt er doch

---

1) vgl. Pk. III 1 s. 84 zu vers 402.
2) vgl. oben s. 29.
3) *geminis* habe ich nach XV 24 und XXI 23 geschrieben, der ausdruck
war durch Aldhelm c. VIII 47 gegeben, vgl. den rhythm. in Mon. mog ed.
Iaffó s. 40 v. 64 *tum binis stantes classibus celebramus concentibus | matutinam
melodiam.*

durch seine verdienste (die engelchöre) an die höchsten berge
heran;
XXII 101 izi.:

> *esuriem poenasque sitim per saecula nullus*
> *sentiet, in domino sumunt sed gaudia longa;*

XXIII 8 izi.:

> *existat, meritis accumulent monachi.*

———

ANHANG ZU ÆÐELWULF.

I.

Bischof Ecgberht von Lindisfarne.
Zeit der ersten zerstörung Lindisfarnes.

Ich stelle kurz zusammen, was uns der niederschlag nort-
humbrischer aufzeichnungen über Æðs. freund Ecgberht berichtet
und wir sonst über ihn vermuten dürfen.

Er war abt eines weiter nicht bekannten und benannten
Peter-kloster bei Lindisfarne gewesen (vgl. oben s. 13). an stelle
Higbalds, desselben an den Alchuine briefe und ein sendschreiben
in versen gerichtet hat, vielleicht bei dessen lebzeiten — denn nach
der guten überlieferung starb er erst 25. juni (zusatz zu chron.
sax. 803 bei Thorpe s. 107 bei Earle s. 61) —, wurde er am
11. juni 803 (ebda. und sog. Symeon dunelm. hist. reg. Angl. ed.
Hinde I s. 42 und annal. lindisf. 803) wahrscheinlich von erzbischof Eanbald II von York (Florent. wigor. ed. Thorpe I s. 64
und Symeon dunelm. de dunelm. eccl. c. XX ed. Bedford London
1732 s. 89[1]) zum bischof von Lindisfarne geweiht und regierte
18 jahre d. i. bis 821 (annal. lindisf. 803[2]).

---

1) der zweite band zu Hindes ausgabe, den die Surtees-gesellschaft 1867
versprochen hat, soll auch de exord. atq. proc. dunelm. eccles. in neuer ausgabe bringen.

2) die hs. von Symeon hist. reg. schrieb hier aus einer lückenhaften
vorlage ab und macht nach dem annale 803 das schon verstümmelt nur *anno
DCCCIII Hibaldus episcopus obiit et Ecgbertus* lautet bis 830 keine weiteren
angaben, vgl. Pauli Fzdg. XII 142.

Dagegen lässt die berichterstattung aus zweiter hand ihn 802 bischof werden [Symeon dunelm.[1]) dun. eccl. und Florent. wigor. aao.], hebt einen gewissen widerspruch, indem sie Higbald schon 25. mai sterben lässt [2]) (Symeon dunelm.), und fügt noch in wunderlichem detail die namen anderer ihn weihender bischöfe Eanbert und Baldulf (Symeon vielleicht nach stellen die entsprachen dem zusatz zu chron. sax. 795 und 806) und den ort der weihung Biguell oder Biguella (Symeon) hinzu.

Die wahrscheinlich doch dieser anderen überlieferung gemeinsame quelle kann nicht einfach eine hs. des chron. sax. mit den zusätzen gewesen sein, sie muss eine lokaltradition im charakter der annal. lindisf. hineingearbeitet haben: daher zb. die 18 jahre für Ecgberht (bei Florent. ist der tod Ecgberhts am schluss vom annale 819 gemeldet, muss aber ein eignes annale 820 bilden). auch hatte sie zb. (Symeon hist. dunelm. c. XX s. 86, nicht aus hist. reg. s. 32 wo überhaupt keine monatsangabe steht) das richtige datum juni statt januar für den raubzug der normannen nach Lindisfarne, das sonst nur die annal. lindisf. aufbewahrt haben, während bereits der archetyp unsrer die zusätze enthaltenden handschriften des chron. sax. *Iani̇* statt *Iuñ* hatte (Thorpe s. 101;

1) neun jahre nach der zerstörung Lindisfarnes (so ist offenbar mit Twysden hist. angl. ss. X s. 18 — und wol nach der cambridger hs. — zu lesen, während 11 jahre nach der zerstörung Lindisfarnes in Bedfords ausgabe — wol nach der durhamer hs. — zu den anderen angaben nicht stimmt), 22 jahre nach Higbalds stuhlbesteigung, 7 jahre nach Eardwulfs regierungsantritt (berechnet nach zusatz zu chron. sax. 795) ergibt 802, nur war dann 793 nicht das 11. jahr des higbaldschen episcopats, wie Symeon cap. XX s. 86 sagt, aber auch nicht, wenn man (vgl. Symeon c. XIX) statt von 780 (wofür ausser Symeon selbst zusatz zu chron. sax. 780 spricht) von 784 ausgeht.

2) *defunctus est* V*III Kal. Iunii*, wofür der zusatz zu chron. sax. 803 V*III K' Iulii* hat. ich habe oben, mich durchaus an die gute überlieferung haltend, angenommen, Ecgberht sei 803 kurz vor Higbalds tod bischof geworden: so hatte zb. Higbalds vorgänger Cynewulf bei lebzeiten abdiciert. Symeon von Durham oder seine quelle hat statt dessen conicirt (25. mai statt 25. juni so dass Ecgberht kurz nach Higbalds tod bischof wird). eine dritte möglichkeit, die discrepanz 802 803 so auszubeuten, dass man 802 (Florent., Symeon) für das todesjahr Higbalds, 803 (so.) für das jahr der wahl Ecgberhts nimmt, besteht nicht, weil diese vorausdatierung ein principieller fehler der schlechteren überlieferung ist.

F lässt das datum aus). die richtigkeit des datums (juni statt
januar) ergibt sich nicht nur aus dem grund, den L Theopold
anführt in seiner durch jaffésche schulung ausgezeichneten, den
literarhistorikern entgangenen göttinger dissert. Kritische untersuchungen über die quellen zur angels. gesch. d. 8. jhd. Lemgo
1872 s. 82 anm. 3, sondern vor allem weil Alchuine ep. ed. W.
et D. s. 182 die der landung voraufgegangenen prodigien zeitlich
fixirt. aber in der quelle dieses archetyps stand sicher richtig
juni statt januar. das ergibt der wortlaut (Earle 59) 793 *her
wæron rede forebecna cumene ojer Nordanhymbra land . . . . þam
tacnum sona fyligde mycel hunger. and litel æfter þam þæs ilcan
geares* befinden wir uns immer noch am anfang januar.

- - - -

II.
Lector. Hyglac kein schriftsteller.

Ich habe *lector* oben mit vorsänger übersetzt. diese bedeutung schien mir mit einiger Sicherheit aus den versen c. XV 23 ff.
hervorzugehen:

> *dum ueneranda dei sanctorum festa redirent,*
> *classibus in geminis subter testudine templi*
> 25 *fratribus inmixtus psalmorum concrepat*[1]*) odas* (sc. *abbas*).
> *dulcisona antiphonae modulantur carmina fuse*[2]*);*
> *ast lector melos uoce articulata resultans*
> *praedoctus biblis ad gaudia magna refundit*

wenn man sie mit Aldhelms gedicht VIII, 42 ff. (ed. Giles s. 116)
vergleicht:

1) * mit Aldhelm: *concinat* LOC: Ædelwulf gebraucht wie Alchuine *con-
cinnere* und *concinere*, *concinare* aber ist unmöglich. auch in dem gedicht
des Bonifat. Pk. I 18 v. 6 (Mon. mog. 30⁸) ist *concinnunt* statt *concinnant* zu
lesen.

2) * *carmine* (-a in C ist coniectur) *fusae* LOC vgl. XX 19 *et reciproca
suo modulantur carmina regi*, welcher vers sich genauer an Aldhelm anschliesst.

praesentem ergo diem cuncti celebremus ouantes
et reciproca deo modulemur carmina Christo.
menstrua uoluuntur alternis tempora festis
45 *et uicibus certis annorum lustra rotabunt.*
dulcibus antiphonae pulsent accentibus aures,
classibus et geminis psalmorum concrepet oda,
hymnistae crebro uox articulata resultet
et celsum quatiat[1]*) clamoso carmine culmen.*
50 *fratres concordi laudemus uoce tonantem,*
cantibus et crebris conclamet turba sororum.
hymnos ac psalmos et responsoria festis
congrua pronuamus subter testudine templi
psalterii melos fontes modulamine crebro;
55 *atque decem fidibus nitamur tendere lyram,*
ut psalmista monet bis quinis psallere fibris.
unusquisque nouum comat cum uoce sacellum
et lector lectrixue uolumina sacra resoluat.

Denn man sieht, dass der *lector* Æd.s dem *hymista* gleichge-
setzt wird und der *lector* bei Aldhelm eine ganz andere beschäf-
tigung hat. nun ist aber sehr leicht möglich, dass Ædelwulf mit
absicht diese vertauschung vorgenommen hat. Hyglac war eben
blind und konnte die stelle des vorlesers nicht mehr versehen.
er blieb aber doch der *lector*. die eigentliche bedeutung dieses
wortes ist damals übrigens schon sehr in die *lehrer* übergegan-
gen. DC. beruft sich für diese allein auf c. XXII 64 unsres gedichtes, wo es gerade von Hyglac heisst *doctor lectorque beatus.*
man vergleiche ferner zb. den brief eines Iren (des Cellanus wie
Giles s. 388 vermutet, aber nach Willelm malmesb. gesta pontif.
V ed. Hamilton s. 336 haben an Aldhelm sich mit ähnlichen bitten
eine anzahl Iren gewandt) bei Jaffé Mon. mog. s. 34 *quoniam*
fulgor sapientiae prae multis in te fulget lectoribus und den brief
des Ædelwald an Aldheim ebda. s. 38 *quatenus uestrae sublimi-*
tatis probabili rationis iudicio conprobata et ad aequitatis normulam
deriuata (sc. mearum litterarum editiuncula) omnibus deinceps lecto-

_____

3, vgl. o. s. 34.

rum numerositatibus acceptabilis extat. dagegen liegt ebda. s. 38 v. 1 in dem rhythmus eines unbekannten an Aldhelm wieder der bewusste gegensatz zwischen *lector* und *hymnista* vor, und *lector*, auf Aldhelm angewandt, der darnach noch nicht abt war, bezeichnet ein bestimmtes amt, ebenso wie *hymnista*, was herr Ebert Gdldm. I 594 2) für eine *scherzhafte* anspielung auf die rhythmische form dieses gedichtes hält. vgl. den ersten anhang zur dritten abteilung dieses buches.

———

Es ist die sucht etwas entlegenes zu wissen und die schadenfreude des fälschers, die aus dem oben erwähnten Hyglac gelegentlich einen schriftsteller gemacht hat, der um 740 lebte und das leben seines abtes Siguin besang. Io Lelandus, auf den im grunde diese nachrichten zurückgehen, hat nichts davon gesagt und stützt sich ausdrücklich (commentarii de script. brit. Ox. 1709 ed. A Hall s. 139) in seiner kurzen biographie *de Iglaco* nur auf Ædelwulf, aus dem er die verse XVI 1 ff. in folgender form anführt:

> *tempore quo lector praeclarus gaudia dicti*
> *accumulat patris, Iglacus nomine dictus,*
> *de quo iam dudum perstrinxi pauca relatu*
> *Anglorum de gente pios dum carmine quosdam*
> *concinerem.*

statt *concinerem* haben unsere hss. *iam crcini.* Io Baleus, scriptorum illustrium maioris Brytannie catalog. Basel 1557 s. 101, dem der text des Lelandus hsl. vorlag (vgl. Hall vorrede zu Lel.), fügt der biographie des Lel. hinzu: *composuisse uero tandem Iglacus fertur, uitam Siguini abbatis, lib. I. et alia nonnulla, quae tandem sunt a Danis conflagrata. claruit . . . 740.* dann führt er die von Leland angeführten verse an, dichtet aber den schlussvers fertig:

> *concinerem. quondam fuit inclytus ille magister.*

Dem fälscher Io Baleus folgt der fälscher Io Pitseus[1]), Relation. historic. de reb. angl. tom. I Par. 1619 s. 144 f.: er hat nicht

———

1) ein wort über andre ausschreiber des Leland auch in den berühmten *frankfurter gelehrte anzeigen vom jahre 1772 s.* 47 = neudruck s. 41.

den Lelandus, sondern den Baleus ausgeschrieben (vgl. auch Hall aao.). er thut zwar so, als wenn er aus dem vollen des Ædelwulf schöpfen könnte (*unum et alterum disticon hic exempli causa ponere, plane operae precium iudicaui*), führt aber doch nur die von Lelandus citirten verse mit der zudichtung des Baleus an. aber das *fertur* des Baleus hat er in frecher weise so umgestaltet: *ex iis tamen quae scripsit hic Iglacus nihil inuenio quod interitum euaserit praeter unicum opus uidelicet de uita Sigoini abbatis librum unum. claruit . . . 740.*

Souverain durfte der grosse Mabillon über diese verdunkelungen und veruntreuungen des thatbestandes hinwegsehen; nur Ass. IV 2 s. 303 bei gelegenheit der herausgabe des Ædelwulf sagt er: *sequentem librum qui unus est in tres diuidit Pitseus.* wie wir sahen, hatte Pitseus gar kein exemplar des Ædelwulf.

III.
Aldhelm c. VIII und IX.

Bei Giles folgen sich s. 115 c. VIII *de basilica aedificata a Bugge filia regis Angliae* (= Mai auct. cl. V s. 387 ff.) IX *poema de aris beatae Mariae et duodecim apostolis dedicatis.* IX ist in 14 teile gegliedert, von denen 1 über den altar der Maria, 2—13 über die der apostel, 14 von Matthias handelt. über diese gedichte verbreitet sich herr Ebert Lgdm. I 594 also: *ausser . . . besitzen wir von ihm (Aldhelm) . . . ein gedicht in hexametern auf die einweihung einer kirche, welche eine tochter des königs Centwin, Bugge, erbaut hatte, in welcher ein altar der jungfrau und zwölf den aposteln gewidmet waren; diese heiligen werden dann in dem gedichte von Aldhelm in der kürze charakterisirt und gefeiert — Paulus ist ihnen aber noch zugesellt, dem wahrscheinlich der altar des Petrus, auf dem (so) er in dem gedicht folgt, mitgeweiht war* [1]).

---

1) Manitius, Aldhelm und Baeda s. 8, ist ganz einverstanden: *dass die gedichte VIII und IX ein ganzes bilden, hat schon Ebert gesehen, es geht dies unwiderleglich aus den versen VIII, 38 'sacellum | Bugge construxit supplex uer-*

die anmerkung dazu lautet: *1) dass das gedicht über die einweihung bei Giles no. VIII und das über die altäre no. IX ein ganzes bilden, darüber kann zwar kein leser derselben den geringsten
zweifel hegen, dennoch hat man sie in den ausgaben wie in den
literaturgeschichten getrennt — als wenn* . . . doch man gestatte
mir das *als wenn* aufzusparen, bis wir die ganze grösse des un-
heils wirklich übersehen können, welches die armen vorgänger herrn
Eberts hier angerichtet haben.

Zunächst wo sind die literaturgeschichten, welche diese gedichte überhaupt nur hätten erwähnen können? VIII wurde erst
1833 von Mai dem Aldhelm zugesprochen, IX von Giles zuerst
1844 als aldhelmisch herausgegeben. der einzige Bachr konnte
es, sprach aber in der that das naheliegende nicht aus[1]). und
die ausgaben? Mai wenigstens macht s. 389 zu v. 40 von VIII
die anmerkung: *nempe duodecim apostolis sacratae. nam de his
aris quoque sunt carmina* (also c. IX) *Aldhelmi in codice vati-
cano, quae sub mentito Alcuini nomine in editionibus leguntur.*
also hier ist alles erfüllt, was herr Ebert wünschte. und doch
ist es falsch. und herr Ebert hat die gedichte Aldhelms nur
flüchtig, Giles vorrede und nachtrag gar nicht angeschaut.
die gedichte folgen sich nämlich im parisinus 8318 (s. XI. vgl.
Hartel Cyprian III s. LXVII) so: IX 1 VIII IX 2—14. da sie
ferner mit den worten *iam bis xena simul digessi nomina patrum,*

———

nacula Christi. | *qua fulgent arae his xeno nomine sacrae,* | *insuper apsidam con-
secrat uirginis arae' hercor, uo auf den altar der Mariae und der zwölf apostel
hingewiesen wird* [auch H Hahn Bonifaz und Lul s. 10 nimmt zusammenhang
von VIII und IX an.]

1) Rl. 4 I² führt Bachr VIII und IX in der that nur an, aber herr Ebert
hätte aus ihm lernen können, dass *de uirginitate* mit *de octo uitiis* zusammen-
gehört (vgl. übrigens die gothaer hs. 75 angels. s. VIII. Na. IX 273) und
dass *de uirginitate* prosa und poesie zwei teile eines werkes sind. *auf all'
dies* sagt herr Ebert s. 590 anm. 1 *hat meines wissens niemand bislang aufmerksam gemacht — ein neues zeichen, mit welcher nachlässigkeit diese literatur
überhaupt bedacht worden ist.* aber schon Beda hat *de uirg.* passend mit
Seduls c. p. verglichen, und nach ihm sprechen Faricius und Wilhelm v. Malmesb. richtig darüber, und auf Bedas bemerkung hat schon Lelandus, der
erste vielleicht, der sich wieder mit diesen dingen abgab, aufmerksam gemacht.
— Teuffel erwähnte in seiner Rl. VIII und IX gar nicht.

e quibus altithrono conuersus credidit orbis schliessen, macht eben
IX 2—14 ein eignes gedicht aus; noch mehr: auch IX 14 auf
Matthias ist noch auszuscheiden und ist erst später am schluss
der apostel eingeschaltet worden, da 13 v. 1 den Thaddeus als
letzten einführt und 14 v. 1 *hoc sacer obseruat delubrum Matthias
almum* sagt; es müsste *hic* heissen, gehörte auch er in die kirche
der apostel. ebenso hat VIII seinen solennen schluss. wir haben
also vier gedichte IX 1, VIII, IX 2—13 mit den schlussversen
aut s. 128 *iam bis* usw. und IX 14. in dieser reihenfolge bot
sie auch einst der codex bertinianus des Duchesne vgl. Alcuini
opera ed. Quercetanus s. 1675 ff. es sind also selbständige gedichte, aber auch die möglichkeit: dass sie in verschiedenen zei-
ten für dieselbe kirche bestimmt wurden, ist ausgeschlossen. über
IX 1 will ich nichts sagen, ob es gleich eine kirche der Maria
gab die dem Aldhelm viel näher lag zu besingen. aber in VIII
41 wird ausdrücklich bemerkt, dass die apsis der Maria geweiht
war, in IX 2—13 ist sie dem Petrus geweiht. VIII ist ferner von
Ædelwulf — und nur seinetwegen habe ich dies sündenregister
hier aufgeklappt — fast versweise übernommen worden [1]), aus
IX 1 und IX 2—14 kenne ich keine stelle die ihm vorgeschwebt
haben könnte [2]). er las also VIII — das er jedenfalls bei der
arbeit neben sich hatte, vgl. oben s. 22 — in einer hs. die wahrscheinlich die tituli IX 1 IX 2—13 IX 14 noch nicht darum gestellt hatte. *dennoch* verkündet herr Ebert *hat man sie in den
ausgaben wie in den literaturgeschichten getrennt — als wenn weder
herausgeber noch literarhistoriker sie gelesen hätten, was wol auch
bei den letzteren in der that nicht (so) der fall gewesen ist.*
nach dem erscheinen der ebertschen literaturgeschichte ist der
letzte teil dieses urteils allerdings nicht mehr ganz unzutreffend.

---

1) ausser den s. 19 ff. besprochenen stellen ahmt er noch von Aldhelm VIII
nach v. 7 in V 18, 14 in praef. 3, 59 in XIV 35, 60 in XIV 30, 63 in XIV
37, 75 in XX 57.

2) Aldhelm IX 6 v. 12 *trusit in exilium cymba trans cerula uectum* hat
nur eine scheinbare ähnlichkeit mit .Ed. VI 28 *nuntius his dictis trusit per
cerula puppim.*

II.

INTERPOLATION UND RECENSION IN ALCHUINES UND ANGILBERTS GEDICHTEN.

Es wird uns nicht mehr viel fehlen von dem, was in der
karolingerzeit eine gute klosterbibliothek an zeitgenössischen
literaturwerken hätte zusammenbringen können. es reicht dies hin
eine vorstellung von den dichtern zu geben, aber die nöthige
ergänzung dazu: die vorstellung von dem publikum mangelt uns
bis jetzt vollständig. was las man, von dem was auf den markt
neues kam? die anzahl der hss. gibt in den seltensten füllen eine
hinreichende auskunft darüber. dichtungen, deren erscheinen
gewiss ein ereignis war, sind uns nur in einem exemplar erhalten.
viele hss. sind verloren, viele vielleicht noch nicht aufgefunden.
daneben lesen wir in unseren sammlungen manches, was sicher
niè für die öffentlichkeit bestimmt war: schülerarbeiten, metrische
exercitien, unvollendete concepte. um so genauer haben wir das
erhaltene zu prüfen. das nicht durch den druck fixierte literatur-
werk hat sein publikum zum beständigen mitarbeiter. können
wir über seinen schreiber oder sammler etwas erfahren, so haben
wir auch etwas von dem lesepublikum zurückgewonnen. können
wir ersehen, wie man schrieb oder sammelte, so vernehmen wir
den nachklang der stimme der kritik. ich bin im folgenden von
einem technischen problem ausgegangen, aber die antwort darauf
ist zugleich eine literarhistorische.

In dem oben erwähnten gedicht Alchuines [1]) über York sind wir ganz auf die durch Th Gale vermittelte überlieferung angewiesen, da die beiden von ihm benutzten hss. verloren zu sein scheinen (vgl. Pk. I 162). was uns Gale mit sorgfalt wie ich glaube überliefert hat, ist möglichst zu schonen: v. 271 ist *summissus* eine ganz richtige schreibung, 979 durfte *fragrantia* — wie auch Beda zu haben scheint — nicht stillschweigend geändert werden, 1270 ist *canna* richtig vgl. *cicuta* 1437, 1542 ist nach Fortunat. VIII 1 59 mit der anderen hs. Gales *acutus* statt *auitus* zu geben, 48 muss *saxi* nicht *Saxi* gedruckt werden; dagegen *queis* (1095) statt *quis* schreiben nur editoren nicht manuscripte. zu 279 vgl. Pk. III 1 s. 62 zu v. 2, zu 342 vgl. Pk. III 1 s. 3 anm. 3 [2]), 424 ist *uenienti* herzustellen vgl. oben s. 28 anm. 1 über ersatz von kurzem abl. - e; 435 *et spe ad te<m>et iam* wo Gale *ad te etiam* hat; 1603 *meo* statt *meae* Gales, wodurch Alchuine zum schüler seines schülers würde. 1060 druckt Gale: *milia et usque suos socios undana natabant*, Dümmler schlägt dafür s. 632 vor: *milia ad usque suos passus undaque natabant*. nach Beda waren es *XXXX milia passuum*, Alchuine hat nur *undena* entweder gelesen oder daraus gemacht. ein bedenkliches zeichen für die überlieferung finde ich nur v. 15: Alchuine bittet die heiligen *uestris componite carmen hoc precibus*. es muss *commendite* heissen (vgl. unten), und *componite* erweckt stark den verdacht der interpolation

Interpolationen sind auch anderwärts in Alchuines gedichten nachzuweisen. seine metrischen und grammatischen irrungen gaben

---

1) der mann nannte sich selbst *Alchuine* oder mit lat. endung *Alchuinus*, beides aber mit consonantischem *u* und kurzem *i* (*Alchuine*, vgl. Dümmler ind. nom. und Alc. c. LXV Ia s. 285 v. 22; *Alchuinus* Pk. s. 203 287 297); oder aber latinisiert *Albinus*. von *Albinus* werden in den gedichten durchaus die casus obliqui gebildet, weil sie von *Alchuinus* hexametrisch als cretici unmöglich waren. nur LI I v. 1 s. 263 und LXXXVIII IV v. 16 s. 304 überliefert Duchesne *Alcuino* und *Alcuinum*, wofür *Albino* und *Albinum* einzusetzen ist. nach der norm der mfh. war überall *Alchvine* und *Alchvinus* zu drucken.

2) zu 1448 hätte ich (vgl. Pk. I 632; nicht auf Sedul. sondern Aldhelm de laud. uirg. 1625 (ed. Giles s. 144) verweisen sollen.

dazu vielfach den anstoss. im grossen stil erscheint deswegen
interpoliert zb. die uita Willibrordi in der hs. aus Alençon des
11. jhd. (U bei Dümmler vgl. Pk. I 163).
Vita Willibr. II XXXIV 50) hat die alte überlieferung, die
W(eingärtner hs.) des 9. jhd. und eine Wi(rzburger) des 10., deren
durch Holder-Egger angefertigte vergleichung ich mit Dümmlers
gütiger erlaubnis benutze:

> *trophea concessit clara suo famulo,*

U wegen *trophëa*[1]):

> *concessit famulo clara trophea suo;*

II I v. 3 WWi:

> *ore sagax et mente vigil et feruidus actu,*

U wegen *uigil*:

> *utque sagax et mente uigil, sic f. a.;*

II XVIII 12 W:

> *hoc luctus retulit uenerando patri silenter,*

das richtige *patre* in Wi und Mabillon offenbar aus conjectur,
denn *patri* las auch U als er verbesserte:

> *retulit hoc furtim letus patri uenerando;*

II XIX 12 WWi:

> *sic fuit et factum forsan iam bis ecce uiceni,*

da *forsan* durch *quasi* der prosa geschützt ist, wird man schreiben
müssen: *forsan bis iam ecce u.,*

U aber schrieb:

> *s. f. e. f. uiginti bis satiati;*

II XX 5 hat W nach Jaffé[2]):

> *cedere cepit equos uiridis et abigere pratis,*

----

1) später offenbar schrieb Alchnine c. VII Pk. I 226 v. 9 richtig:
Flauius Anicius Carlus laetare tropaeis,
wo in der hs. höchstens die orthographie nicht die prosodie verbessert sein
kann.

2) nach Arndt (ex silentio) hätte W und nach Holder-Egger (ex s.) Wi
uirgis, wie auch Mabillon las. aber U und vielleicht auch Thiofrid bestätigt
uiridis, woraus Wattenbach geistreich und wahrscheinlich richtig *uir dis* gemacht hat. *cedere* ist natürlich *cedere*.

U macht daraus, um das verdorbene *uiridis* und *abigere* zu beseitigen:

c. c. e. *abigitque uirentibus herbis.*

Auch die grammatik gab U gelegentlich anstoss: II XXXI 18 hatte Alchuine geschrieben:

omnipotente deo grates ob dona salutis
semper agens Christo; Christo laus gloria semper,

U zieht das zusammen:

semper agens Christo grates ob dona salutis.

Nicht zu ergründende bedenken verleiteten U schliesslich dazu, ganze verse umzudichten: vgl. II XX 22—24. immerhin scheint das zeugnis des Thiofrid von Epternach († 1110) zu bestätigen, dass bis ins 11. jhd. die vulgate der uita Willibrordi Alchuines noch den fehlerhaften aber ursprünglichen text bot, uit. Wil. metr. ed. Rossberg Lpz. 1883 I 1 ff. (vgl. Wattenbach Mon. alc. s. 38):

non salit ingenii mihi proflua uena profundi
nec me uentosae rapit, inflat gloria famae:
sed Carli prudens Alcuin mouet hyperaspistes,
carmine qui nostri replicat sacra gesta patroni.
sed non attendit quae syllaba longa, breuis sit
et ceu Lucilius dum profluit est lutulentus.

Aus Alchuine c. IV 16 s. 221 und Leo von Ostia (vgl. Dümmler Pk I 70) wissen wir, dass Alchuine [1]) = Pk. I 70 Petri et Pauli c. XXXV 21 schrieb:

1) dem Alchuine gehört dies gedicht, und ér ist der unbekannte O Müllers (Rh. mus. 18 190), der ebda. v. 10 einen vers des Statius silu. IV 4 1 wörtlich citiert hat. bei Alchuine also, der sie etwa auf seiner Romreise kennen gelernt hatte — aber nur flüchtig glaube ich —, hat man nach reminiscenzen aus den siluae zu suchen. gleich IV des Alchuine (Pk. s. 220) liefert uns eine aus demselben gedicht des St., vgl.:

    cartula perge cito pelagi trans aequora cursu:
    ostia piscosi flabris (fluris hs.) pete fortia Rheni
    ingrediens rapidis pontum qua uoluitur undis

mit Stat. 4 1 ff.

    curre per Euboicos non segnis epistola campos
    hac ingressa uias qua . . .
    continuo dextras flaui pete Thybridis oras.

hic holus hospitibus, piscis hic, panis abundans,

aber Petrus Diaconus[1]) im cod. casin. (vgl. Pk. I 34) überliefert:

hic holus hospitibus, hic pisces, panis abundans.

man nahm an, dass die caesur längen könne, aber dass *h* position mache, erinnerte man sich nicht mehr.

Eine absichtliche änderung ist es auch, wenn in den versen die auf die rhetorik folgen (vgl. Pk. I LXXX I v. 8 s. 300) eine oder die andere hs. *auctorumque* in *auctorisque* verwandelt. man verstand den plural nicht, durch den Alchuine könig Karl zum mitverfasser der rhetorik macht; vgl. die verse welche die rhetorik eröffnen (ebda. II v. 3 ff.): *scripserat haec inter curas rex Karolus aulae Albinusque simul.* eine andere hs. hat in denselben schlussversen (v. 3) ein *non* beim imperativ in *ne* geändert: auch diese willkür hätte nicht in den text gesetzt werden sollen[2]).

Sichere interpolationen liegen ferner natürlich in den hss. vor, welche die verse Alchuines nicht einfach abgeschrieben, sondern verarbeitet, als formeln geben. hierhin gehört die leipziger hs. rep. I 74 s. X., welche XXXVII 1 und 2 für ʻ*Homere*' ʻ*amice*'

---

1) vgl. über ihn Arevalo Isidor. I 601.

2) Dümmler hat diese gedichte in umgekehrter folge herausgegeben. sein LXXX I schliesst sein LXXX II, eröffnet die rhetorik. da auf LXXX II in einigen hss. die dialektik Alchuines folgt, konnte dies gedicht früher für die widmung der dialektik genommen werden. in vollständigeren hss. fehlt aber die würkliche widmung derselben nicht; sie steht als LXXVII bei Dümmler, aber das schlussdistichon macht die widmung der orthographie aus. LXXX I 3 haben noch ausser den von Dümmler benutzten hss. die beiden brüsseler von mir eingesehenen 9581—95 s. IX./X (vollständige hs. der rhetorik und dialektik) und der brux. 10859 s. X. der dies gedicht auf seinem letzten blatt aber, wie einige andere, nur bis v. 6 bietet; ferner die halberstädter hs. s. XII./XIII. aus der M Haupt LXXX II und I herausgegeben hat berichtet der k. sächs. Gdw. 1848 (II) s. 58 f. die halberstädter und die brüsseler 10859 haben auch richtig *auctorum*. in dem widmungsgedicht vor den categorieen des Augustinus LXXIII (s. 295) ist *munera* v. 10 wol nur druckfehler. Reifferscheid (bibl. p. I 209 und II 14) bezeugt das richtige *munere* aus zwei von Dümmler nicht benutzten hss. palat. 213 s. XI. und ambros. B. 71 sup. s. X.

schreibt; die clm. 14614 und 13581 s. IX., welche LVI I 7 den
namen durch das aus formeln bekannte *ill* ersetzen; ganz besonders
aber clm. 19410 s. IX. er hat alle persönlichen beziehungen
gestrichen und einen grossen pasticcio geliefert. aus ihm
hätte nur mit der grössten vorsicht der text Alchuines bereichert
werden dürfen. das gedicht LV III (s. 267) ist zb. einfach zu
streichen: es ist nur der zur formel gemachte schluss von LII
(s. 265).
Freilich: was ist dieser kleine schaden gegenüber der durch
eine fast ebenso alte hs. angerichteten verwirrung? die einem der
berühmtesten karolingischen dichter den grössten teil seines eigentums
entrissen hat um einen völlig dunklen ehrenmann an seine
stelle zu setzen.
Im cod. regin. 2078 s. IX./X. (vgl. Dümmler Na. IV, 142 ff.)
liegt eine umfangreiche, allerdings mit fremden bestandteilen durchsetzte
sammlung karolingischer gedichte vor. sie lässt sich in
3 teile auflösen: die gedichte des sog. hibernicus exul, eine epitaphien-anthologie
und die gedichte, welche Dümmler nach Mabillons
vorgang Pk. I 413 ff. als *Bernowini episcopi carmina* herausgegeben
hat. die reihe der im letzten teil bestimmbaren gedichte
beginnt mit dem (fol. 143¹) vor Bernowin VI s. 414 stehenden,
welches Dümmler nicht hier, sondern als Angilbert V I s. 365
abgedruckt hat: ich nenne es Bernowin VIa. Bernowin I—V
sind farblose tituli auf gemälde, die ich von der untersuchung ausscheide:
so gut wie zum folgenden können sie zum vorausgehenden
gehören. am schluss der reihe stehen unterbrochen durch 9 verse,
die sich auf weihgeschenke eines bischofs Bernowin beziehen,
5 epitaphe, das letzte von etwas späterer hand zugefügt. aber
auch die anderen samt den 9 versen sind schon äusserlich von
den vorausgehenden getrennt durch andre tinte und andre schrift, ob
von andrem schreiber hinzugefügt, wird nicht angegeben; vor allem
aber dadurch, dass sie allein in dieser ganzen reihe überschriften
tragen. sie sind daher auch bei der untersuchung von den andern
zu trennen.
Dass die überschriften fehlen, ist ein merkmal für die so ausgesonderte
eigentliche sammlung, welche aus tituli, orationes und.
dem epitaph besteht, das der dichter für sein eignes grab bestimmt
4*

(XXII). sie erscheinen alle entweder durch ersatz der eigennamen mit *ill,* zum teil auch durch blosse auslassung derselben,
zu formeln gestempelt oder durch einsetzung eines neuen namen
Bernouinus schon zum eigentum eines anderen erhoben. bezeichnend dabei ist, dass dieser utis keine heimat zu haben scheint:
denn wo der name des heiligen zu nennen war, dessen kirche die
tituli beschreiben, steht stets nur *ill.* aber auch an die stelle des
dichternamens fügte der ersatzname sich nicht überall. zwar hat
der überarbeiter gelegentlich den *Bernowinus* in einen *Bernwinus*
zusammengezwängt[1]); aber an zwei stellen gab es gar keine
rettung XXII 24:

atque '. . . .' dic 'miserere deus'

und ebda. 41:

rex aeterne . . . . des gaudia tu rex.

hier hat er es auch für den dichternamen bei *illius* und *illi* be-
wenden lassen müssen[2]); und ebenso XXIII 1 und XXV 1 wo
das meso- und akrostich einen mit *A* anfangenden dichternamen
verlangte. dies alles ist auch der grund dafür, dass man nicht
etwa den umgekehrten vorgang annehmen darf: es habe früher
überall Bernowinus und ein bestimmter heiliger des Bernowinus
gestanden.

Nun hat aber der dichter fast sein schicksal ahnend dafür
gesorgt, dass man seinen namen erfährt: in einem grossen teil
seiner gedichte ist er durch akro-, meso- und telestichische spiele-
reien bezeichnet als *Angilbertus.* man würde zur noth den ausweg
Dümmlers beschreiten können, der annimmt, dass diese gedichte
für Angilbertus von einem freund namens Bernowinus gemacht
wären; ob es gleich sehr merkwürdig bliebe, dass Bernowinus sein
leben offenbar damit zubringt statt für sich für seinen freund zu
beten. aber das dolose verfahren bei der unterschiebung des

----

1) an und für sich könnte auch das umgekehrte vorliegen: *Bernwinus*
die gebräuchliche. *Bernowinus* nur die zu diesem zweck erweiterte namens-
form sein.

2) man hat gar nicht bemerkt, dass an diesen beiden stellen *ille* nur wie
an den anderen für den eigennamen steht: XXII 24 hat man über den
metrischen fehler hinweggelesen. 41 Wattenbach unmethodisch *r. ae. illi des*
⟨*uitae*⟩ *gaudia tu rex* geschrieben: *gaudia* so absolut (*ewige freuden*) kommt vor.

namens ist klar genug gestellt worden. und gar keinen ausweg
gibt es schliesslich dafür, dass zwei gedichte, die Bernowinus sich
ausdrücklich zuschreibt, von Hariulf im chronicon centulense überliefert werden als gedichte des Angilbert. Hariulf ist ein augen-
zeuge: er hat die gedichte vom stein abgelesen[1]). der stein
zeigt den namen Angilbertus, er war in s Riquier. der Bernowinus steht auf dem pergament und bringt es nicht fertig seine
ruhmestitel ins metrum zu zwängen. ich glaube dem stein: und
alle diese gedichte gehören dem Angilbert, dem Homerus der
karolinger; die tituli unter ihnen aber der von Angilbert umge-
schaffenen kirche des h Richarius.

Es fehlt der letzte rest des beweises: die probe. es muss,
wenn der schreiber so äusserlich wie wir annahmen die namen
ersetzte oder ausliess, jetzt nachdem wir als die richtigen:
Angilbertus für den dichter und *Richarius* für seinen heiligen
kennen, durch diese überall dem metrischen bedürfniss entsprochen
werden. dies ist nicht leicht zu befriedigen, da es — ⌣⌣ — für
den genitiv und nominativ des heiligen, aber auch für seinen vocativ verlangt. und doch geht alles ohne rest auf.

VI a v. 8 hat der reg. *Bernowinus ego*, aus Hariulf ist das
richtige *Angilbertus ego* schon aufgenommen (vgl. jetzt auch Ss.
XV I aao.).

VI v. 2 *Bernowinus ouans* im reg. muss *Angilbertus ouans*
werden, vgl. Angilbert IV 3 s. 364 *Angilbertus ouans*. v. 3 *ill.
nec non magni pro patris amore* muss werden *Richarii nec
non*; die messung dieses namens ist entweder *Richärius* (vgl.
die epigramme Angilberts bei Dümmler s. 364 in der anm.
und Ss. XV I s. 178) oder *Richärius* (Angilbert III 1 s. 363),
davon *Richäri* (Angilbert bei Dümmler aao. in der anm. und
Ss. 179 aao. und von späteren Hariulf ed. d'Achery spicil. II
s. 292a oben).

---

1) er fand sie freilich zum teil in der denkschrift Angilberts selbst, zum
teil in den in ihrer hs. mit ihr verbundenen späteren aufzeichnungen aus
Centula vor (Ss. XV I s. 173 ff.), aber die art wie er sie einführt beweist,
dass er sie auch selbst noch gesehen hat.

VII 1 ff ist überliefert:

hunc tibi constitui ill. magne sacerdos
quae nitet hic domini . . culara domus,
Bernowinus ego,

das in v. 2 verstümmelte wort hat der umarbeiter jedesfalls auch
für einen zu verschweigenden ortsnamen gehalten, und doch bin
ich überzeugt: es stand nur ⟨buti⟩culara oder *buticulata* da. dies
wäre eine adjectivbildung zu dem nicht ganz aufgeklärten *buticum,*
vgl. Hariulf chron. centul. II 3 ed d'Achery ano. s. 303b der
von Angilberts bauten erzählt: *turris ergo orientalis cum cancello*
et b u tico sancto Richario dicata est und ebda. 303a *cum ergo*
marmoreae columnae in b u tico erigerentur, una . . . . . confracta
est . . . viderunt columnam stantem super basim suam. Mabillon
Ass. saec. IV 1 s. 109 versteht gewiss richtig darunter das *cibo-*
rium, und die übertragung von *buticum* (vgl. Diez Wb. s. u. *botte*)
auf den überbau des altars ist ebenso zu erklären wie die von
ciborium. — v. 1 ist *Richari,* v. 3 *Angilbertus* einzusetzen; v 7
hat Mabillon aus *caro,* was auch eine absichtliche verstümmelung ist,
schon richtig *Karolo* hergestellt, vgl. mit dem vers den des Angilbert V 1 9 s. 365.

VIII 5 *Bernowinus ego nam dicor humillimus ipse,* nein:
vielmehr *Angilbertus ego . .;* 9 *corpore ill. celsa qua pausat in*
aula, dafür *Richarius.*

IX hat der schreiber wegen zu vieler beziehungen bis auf
ein paar versfragmente ganz unkenntlich gemacht. doch ersieht
man, dass v. 5 ursprünglich lautete:

omnipotens dominus tu ⟨Angilberti⟩ miserere.

X 5 und 11 ist der name Bernowins erst durch die herausgeber hineingekommen, die hs. lässt ihn beide mal aus, es ist
Angilberti einzusetzen.

XVIII 10 *O pietas Bernowino O praecurre clientO.* das drei-
malige *O* ist der letzte buchstabe einer je von oben herunter lau-
fenden reihe die *DEVS ADESTO* ergibt; hier hat der nach-
dichter sich wieder verraten: das *O* gehörte zu *Angilberto;*
er hat mechanisch das *Angilbert* ausgelassen, dafür ein volles

Bernowcino gesetzt und dadurch das überflüssige *()* geschaffen; am schluss des verses muss es gewiss *clientlo* heissen.

XXI 1 in *rex requiem Bernowcino da pater atque pius rex* muss für unmetrisches '*Bernowino*' '*Angilberto*' stehen, wie auch v. 5 bei Hariulf und der hs. von Angilberts denkschrift, die als eigentliche grabschrift nur 5—8 citieren, lautet: in v. 5 hat der reg. *rex requiem illi da pater atque pius rex*; v. 8 lautet im cod. der denkschrift (Ss. aao. s. 179) ursprünglicher:

> *pax pacem illi perpetuam dona es quoniam pax*

als im reg.:

> *pax pacem largire pia, uera es quoniam pax;*

immerhin hätte in der lesart des reg. nach v. 4 *pia* in *piam* geändert werden müssen.

In XXII haben wir das epitaph wiedergewonnen, was Angilbert selbst gedichtet und für sein grab bestimmt hatte; nur die schlussverse sind in der etwas veränderten form von XXI 5—8 *primus ad caput secundus ad laeuam tertius ad pedes quartus ad dexteram* (Hariulf aao. II 7 s. 308 b) würklich eingehauen worden. ich kann mir nicht versagen das schöne stück abzudrucken, wie es ohne die interpolationen und einige schreiberfehler ausschaut. es ist, was früher übersehen wurde und auch keine beziehung hatte, nach dem muster des auch von andern nachgeahmten epitaphs gebildet, das Alchuine sich gesetzt wünschte. seinen inhalt können wir jetzt erst würdigen, nachdem wir wissen, dass der schwiegersohn Karls des grossen es auf sein grab wollte. nur er konnte so von der freundschaft der könige sprechen, nur in seinem munde klingt das stolze sündenbekentniss:

> *haec qui sacra petis uenerandi culmina templi,*
> *eximios cultus quae pietatis habent:*
> *hoc relegas carmen nostri miserabile casus,*
> *ultima quem uitae contulit hora mihi.*
> 5 *diues eram quondam, lato famosus in orbe,*
> *principibus multo carus amore piis.*
> *gloria me rerum magni referebat opima,*
> *sed regum solita pluris amicitia.*
> *propterea populi largo uenerabar honore,*

muneribus nimiis atque fauore precis,
sed subita ereptus tanto de culmine sorte:
angusti requies me tenet ista loci.
haec tibi dant nostrae, lector, exempla figurae,
tutius hinc uitae quo gradiaris iter,
15 *quo nec diuitias nec turpia lucra sequaris*
nec periturus eas caeca talenta petens;
quae dum seruantur tenebris inmersa profundis,
in baratri mittunt antra sopora suos.
quid delicatis prodest adsuescere mensis
20 *quidue laborata purpura ab arte tibi?*
nam datur infelix corpus, cui tanta paratur
adfore mox puluis uermibus esca simul.
sed iam posco uicem reddas mihi carminis huius
atque 'Angilberti' dic 'miserere deus'.
25 *hunc concede mihi, quisquis succedis honore*
nostro, deposui cui mea membra, locum;
quem peto nulla manus uiolet, dum dicat ab alto
omnipotens: "surge' iam tuba nostra iubet.'
uita salus requies spes gloria gratia uirtus,
30 *da ueniam famulo tu mihi, Christe, tuo.*

---

5 Mabillon: *aues* 7 Dümmler: *magi* 8 Mabillon: *plures* 10 Mabillon: *fauere*
12 Mabillon: *augusti* 14 * *totius hoc* 16 Mabillon: *patens* 18 * *sopora: sacra*
21 * *parantur,* (dem es bestimmt ist bald ebensoviel staub zu sein) 24 * *An-*
gilberti: illius; 31—35 gehören nicht mehr zur eigentlichen grabschrift, wenn
sie auch gebete für das grab enthalten. auch Mabillon bricht mit v. 30 ab;
vermutlich auf grund der hs. v. 41 wäre für '*illi* '.*Angilberto*' herzustellen
gewesen und von 41 an wahrscheinlich eine einfältige spielerei, wonach in
der mitte jeder zeile je ein *E E V A* herauszuheben gewesen wäre, wodurch
mit anfang- und endbuchstaben ein *REX LEX LVX PAX* entstände.

ich führe aus Alchuines epitaph nur die wichtigsten vergleichspunkte an:
13 vgl. Alc. CXXIII (s. 350) 3 *ut tua deque meis agnoscas fata figuris* 23 ebda.
17 *tu mihi redde uicem, lector, rogo carminis huius | et dic da ueniam, Christe,*
tuo famulo 27 ff. ebda. 19 ff. *obsecro nulla manus uiolet pia iura sepulchri, |*
personet angelica donec ab arce tuba: | 'qui iaces in tumulo, terrae de puluere
surge'. übrigens liegt auch das epitaph Alchuines in 2 hss. zur formel geworden vor (vgl. s. 351 zu vers 23).

XXIII, 1 hat der reg. *Angelus ill Adtollat in Aethera claret:*
das 5 mal von oben nach unten laufende *ANGILBERTO* ver-

langt statt '*ill*' '*Angilbertum*' wie bereits Bethmann gesehen hat; ganz derselbe fall liegt XXV 1 vor: *illo des pius Alme micantia regnd*, wo wieder Bethmann richtig *Angilberto* schrieb. Es bleibt übrig den oben ausgeschiedenen rest zu prüfen. freilich der epitaphe wegen schiene es sich nicht zu verlohnen: sie zeigen das auch anderwärts gerade in grabschriften beobachtete bild der adaptierung (vgl. zb. W Meyer antichrist s. 192).
XXVII geht in seiner jetzigen form auf einen 60jährigen priester Audax, galt aber ursprünglich einem 70jährigen[1]); XXIX ist stärker entstellt, obgleich sich noch einige richtige versteile abheben: es geht auf einen Hebrarius (?), aber das original auf eine edle frau leuchtet noch durch[2]); XXX war gemacht auf einen greis mit griechischem namen, der einen teil seines vermögens einem kloster hinterliess, der schreiber hat keine neuen persönlichen beziehungen hineingebracht aber die ursprünglichen möglichst getilgt[3]); XXXI ist am besten überliefert, es galt einem 23jährigen jüngling aus sehr edlem geschlecht und von hervorragender stellung, es fehlt vielleicht nur die unterschrift[4]); XXXII ursprünglich ganz in distichen und für das grab einer frau mit daktylischem namen bestimmt, ist in seiner jetzigen form einem 38jährigen edlen Ardoin, der eine fromme stiftung machte, gewidmet; XXIX XXX XXXII sind wol sicher am selben ort entstanden, originale sowol als umdichtungen.

Die epitaphe also lehren uns zunächst nur durch ihre lesefehler, dass ihr abschreiber nicht ihr überarbeiter war. betrachtung aber erfordern die eingestreuten 9 verse. sie geben sich in ihrer überschrift als *Versus Bernowini episcopi ad crucem*. und dies ist

---

1) v. 17 f. lauteten wol:
  ac meritis pariter hic requies sequitur.
  septenis denos expleuit cursibus annos.

2) vgl. XXIX 5 mit XXXII 4; v. 2 war *consum* natürlich ursprünglich *casum*.

3) v. 14 stand etwa *iam senio populit*; v. 11 wol sicher *et se saluato* (*salutis* reg.) *prospexit mente sagaci* (*sancta* reg.); v. 8 mag im original *tibi* statt *sibi* gestanden haben, davor fiel ein distichon mit dem namen des heiligen aus: ebenso fehlt die unterschrift, die den durch v. 3 umschriebenen namen enthielt. *Constans*, wie Dümmler überschreibt, hat der mann auf keinen fall geheissen.

4) auch *salibus* v. 10 ist richtig (*witz*, *geist*).

denn doch wol mehr als die blosse spielerei: an stelle eines überlieferten namens einen anderen zu setzen. es muss einen bischof
Bernowin gegeben haben, der diese verse würklich auf ein von
ihm gestiftetes crucifix schreiben wollte, wie die folgenden auf
einen von ihm geschenkten kelch. sehen wir sie näher an, ob es
eignes gut oder wieder nur entwendetes ist. die ersten 4 sind
ganz in der art des Angilbert mit akro- und telestichon; setzt man
im 2. statt '*Bernowini*' '*Angilberto*' ein, so erhält man genau den
einen vers des kürzeren angilbertischen epitaphs (XXI); es könnten allenfalls, wenn nicht würklich ein gedicht Angilberts vorlag,
diese verse ein pasticcio aus Angilbert sein. ebenda 5—7 lauten
im reg. verdorben so:

> *omnipotens dominus mundi formator et auctor*
> *sis pius et clemens mihi sis spes unica uitae*
> *suscipe hoc munus te accipe supplex rogo;*

das unmetrische *rogo* und der gute hexameterschluss *accipe supplex*,
der mit den vorausgehenden zeilen *REX* ergibt, zeigt, dass hier
ursprünglich etwas anderes stand; wir scheiden das überflüssige
suscipe aus und gewinnen durch einsetzung des uns bekannten
namens ungesucht das akro- und mesostichon dazu:

> *O mnipotens domi N us mundi formator et aucto R,*
> *S is pius et cleme N s, mihi sis spes unica uita   E*
> *A n g i l b e r t u s A it: 'hoc munus tu accipe supple X*

dh. *osanna rex.* also diese 7 verse sind, wenn auch für oder
von Bernowin, doch schliesslich wol nur überarbeitungen angil-
bertischer. die zwei folgenden *Versus in calice et patena* schreibt
der reg.:

> *Bernwinus humilis sua reddit uota tonanti*
> *hoc corpus humilis praestat uita beata;*

im zweiten ist natürlich nicht *uitam beatam*, sondern etwa *hoc*
sorpto (aus Priscian bekannt) *famulis praestatur uita beata* herzustellen, woraus sich wieder ergibt, dass der abschreiber nicht der
überarbeiter war; im ersten darf man an *Angilbert humilis* nicht
denken, da Angilbert in seinen poesieen sich nur latinisirt nennt.

Also am schluss endlich noch ein paar verse, die würklich
einem bischof Bernowin angehören. und die frage wird näher-

gelegt: wer war, der selbst oder für den ein anderer diese ganze sammlung umdichtete. diese frage ist wichtig für die geschichte des angilbertischen textes und weil uns doch am ende ein karolinger begegnet ist, der unter dem namen Bernowin einige verse zusammenstümperte. ein karolinger muss es noch sein. unsre hs. ist s. IX/X., aber nicht original, sondern abschrift. dagegen dürfen wir uns der zeit Angilberts nicht zu sehr nähern, da man poesieen, die man in dieser weise für eigne zwecke gebrauchen wollte, doch nur aus der rumpelkammer holen konnte. ein Bernowinus, der bischof ist und lange nach Angilbert aber etwa vor dem beginn des 10. jhd. lebte, könnte Bernoin von Viviers oder Bernoin [besser Barnoin [1])] von Vienne sein. aber der letztere denke ich muss er sein. der codex reg., der allein den Angilbertus-Bernowinus überliefert, gibt auch die gedichte des Alcimus Auitus von Vienne in einer für ihre klasse besonders echten überlieferung (vgl. Peiper Alc. Au. s. LXVII); im epitaph [Bernowin] XXXI 9 fällt eine nachahmung des epitaphs auf bischof Pantagathus von Vienne auf (Allmer et Terrebasse inscriptions de Vienne ebda. 1875 V 80 = Peiper Alc. Au. s. 187 VIIII) 15: *flore iuuentae* am versschluss; *indicciō XI* unter [Bernowin] XXIX für diese zeit als 893 gefasst stimmt gut. Barnoin ist als erzbischof von Vienne von 887 an nachweisbar und starb 16. januar 899 (Ss. XIII 376 14; vgl. Allmer et Terrebasse nao. s. 126 ff. [2]). aus einer inschrift (ebda.) ist ersichtlich, dass er das armenspital von Vienne restaurirte. für dieses wollte der librarius der Angilbertsammlung — si licuisset — vielleicht die tituli von s Richarius umarbeiten, wie die orationes für seinen bischof.

Wir haben an die stelle des fälschers den narren setzen müssen: denn der inhalt der angilbertischen gedichte musste für Bernoin doch ohne genügende beziehung bleiben. keineswegs aber darf man mit Mabillon an den bischof Bernoin von Clermont denken, der dem Angilbert zeitlich ganz nahe steht, noch

---

1) inschriftlich und hsl. bezeugt ist für ihn die form *Barnoinus*. *Bernoinus* heisst er Ss. XXIV 14, *Berno* Ss. XIII 375 nr. 48.

2) eine offenbar schlechtere überlieferung liegt in der series episc. vienn. Ss. XXIV s 814 vor, darnach wäre er 888 bischof geworden und 21. jan. 901 gestorben

weniger freilich mit Dümmler an einen sonst unbekannten freund
Angilberts von Centula dieses namens. denn dieser gute freund
hätte den Angilbert nicht besungen sondern bestohlen.

In einer ausgabe der karolingischen dichter wären VIa—XXVI
in der oben durchgeführten weise als gedichte Angilberts zu geben, unter den text gehörte XXVIII 1—7 als nicht mehr recht
sicher herstellbare überarbeitung: an spätere stelle XXVIII als
text des Bernoin mit den umgearbeiteten epitaphien als anhang. nun
aber nicht etwa VIa—XXVI unter den text: denn hier liegt tat-
sächlich nur der versuch der adaptierung auf Bernoin vor. er ist
nicht zu ende geführt: wir können über ihn lachen, aber er hat
uns doch allein die poesieen Angilberts gerettet.

Mit geschärftem blick kehren wir zu den willkürlichen um-
gestaltungen zurück, welche die gedichte seines freundes Alchuine
erlitten haben als Th Sickel die briefe Alchuines untersuchte,
stiess er auf das problem, auf das wir überall stossen, wo wir der
sammlung von ursprünglich einzeln herausgegebenen stücken —
mögen es nun briefe, gedichte oder was sonst sein -- begegnen:
wer war der sammler; hatte er nur zusammengetragen und abgeschrieben, oder hatte er eine selbständige ausgabe, eine recension
gewollt? die wir erst wieder auflösen müssen, um selbst eine nach
unseren anforderungen zu liefern. oder können wir nicht wieder
auftrennen, bleibt uns nichts weiter übrig als der alten recension
zu folgen etwa mit besonders hervorgehobenen angaben der teile,
die wir besser und ursprünglicher kennen aus einer einzelüberlieferung?

Man hat recht und pflicht die in einzelnen recensionen vorliegenden Lessingbriefe zu einem grossen corpus umzugiessen, und
in diesen wird man die interpolationen die zb. vater Gleim sich
in den an ihn gerichteten erlaubte kaum noch unter dem text
dulden wollen. die briefe Goethes sind die weimarer gezwungen
uns *durchgezählt in chronologischer folge* zu geben. wer aber darf
die Catullsammlung zunächst auseinander nehmen? wer wird es
wagen die ausgabe Goethes letzter hand, seine *selbstwillige Verfü-
gung,* sei es auch mit den schönsten dingen zu interpoliren?

Die gedichte Alchuines bringen dies problem in folgender
form: wir haben neben sonderexemplaren einzelner stücke eine

umfangreiche sammlung. die überlieferung der sammlung ist
schlecht, und nicht nur deswegen weil man sie nicht mehr nach
der einzigen hs. von s Bertin, der sie Duchesne einst entnahm,
controliren kann; die überlieferung der sonderexemplare ist zum
teil noch schlechter. beide überlieferungen sind natürlich geson-
dert, wenn auch mit stetem vergleich, wieder herzustellen. dann
aber: wo sie beide dieselben stücke überliefern, gerathen sie aufs
heftigste gegeneinander. auf der seite der einzelüberlieferung
steht die autorität Alchuines: denn sie verraten sich schon durch
diese form der überlieferung als abgeleitet aus den exemplaren
der gedichte, die er wie sie entstanden waren hinaussandte au
seine freunde, genossen und schüler; und schon ihre grossen metrischen schwächen bürgen bei einzelnen dafür, dass sie nicht etwa
von diesen überarbeitet wurden. die sammlung Duchesnes ist
correkter und eleganter. und ihr währmann? Hrabanus Maurus
lag sie schon so vor, und da nicht er, so hat ein andrer schüler
Alchuines — man könnte an Fredegisius denken — mindestens
einzelne ihrer bestandteile corrigirt. die möglichkeit, dass Alchuine
selbst seine gedichte später sammelte, ist nicht ausgeschlossen [1]),
aber insofern unwahrscheinlich, als man ihm, der mit dem alter
sich immer mehr seinem jugendfreunde Vergil entfremdete, kaum
eine redaktion wird zutrauen wollen, deren hauptbestreben es war,
die metrischen und grammatischen ungezogenheiten zu bändigen.
ich habe die untersuchung nicht zu ende geführt, und vermutlich
wird sie wie die sickelsche im sande verlaufen. was ich aber
gewonnen habe, als ich Edelwulfs wegen mir das gedicht über

---

1) die nachricht von einem buch gedichte Alchuines *ad diuersos* kann
ich nur bis Lelandus zurückverfolgen (comment. de script. Brit. Ox. 1709
s. 128), wo sie in folgender fassung auftritt: *nos interea indicabimus quos
libros ediderit teste* Donato Gallo *minime mendaci historiographo*: folgen
schriften Alchuines an letzter stelle nach '*Vitam S Vedasti Atrebatensis*':
'*Carminum ad diuersos libr. I.*' sie geht zurück auf eine hs. wie die von s Bertin.
in dieser beginnen die gedichte Alchuines erst mit Alc. ed. Quercet. carmen
I. (s. 1687): es folgt auf eine sammlung tituli, denen auch andere zeitgenös-
sische beigemischt sind, eine reihe grösserer gedichte (von CLXXVIII an
s. 1711, di. das gedicht an die Lindisfarner), in die wieder eine sammlung
alchuinischer tituli eingestellt ist.

Lindisfarnes zerstörung zurecht machte, will ich vorlegen. eine ausgabe der karolingischen dichter wird darnach wol nicht die sammlung Duchesnes zerreissen dürfen, sondern hat sie als eigentlichen text zu geben, darunter die gedichte, die wir aus Alchuines erster recension kennen, beides mit gesondertem apparat. ganz ausgeschlossen erscheint es mir, die beiden überlieferungen zusammenzuklittern, wenn auch der fall vorkommen wird, dass sie sich gegenseitig emendiren, wie sie denn auch gemeinsame fehler da haben müssen, wo das der sammlung und das der sonderüberlieferung zu grunde liegende exemplar Alchuines fehler hatte und diese dem recensor entgingen.

Als sonderüberlieferung für das gedicht an die Lindisfarner (Alc. IX — Pk. I. s. 229) — es war nach v. 204 nicht das erste das Alc. dorthin richtete — besteht H(arleian) ms. 3685 s. XV über welches zu vergleichen Dümmler Zfda. XXI 84 1), nur für die letzten 10 verse kommt auch eine aus dem kreise Arnos stammende hs. in betracht (Z). H enthält wie Dümmler bemerkt hat nichts, was über die zeit Ludwigs d. frommen hinabginge; es ist ein schatz von allen möglichen sonst unbekannten meist karolingischen poesieen. der schreiber war ein ganz ungebildeter mensch, der kaum ein wort lateinisch verstand, und wir haben in seinen oft unmöglichen wortgefügen einen reflex einer ihm schlecht lesbaren, offenbar angelsächsischen handschrift. an interpolieren hat der mann nicht gedacht, aber oft hat das wortbild sich mit einem ihm geläufigen begriff vermengt, und, wie ihm das geistliche offenbar näher lag, wird ihm gelegentlich unter der hand ein *versus heroicus* zum *versus hereticus*. am wenigsten hat er absichtliche umstellungen gewollt. seine vorlage repräsentiert für die karolingischen stücke fast immer die beste überlieferung, mitunter wol die abschrift der originale. aber ich bin genötigt um die fides der quattrocentisten zu zeigen, hintereinander, wie sie sich ihm folgen, alle stücke durchzugehen, zu denen uns collationen aus H vorliegen; nur aus solcher gesammtbehandlung ferner entsteht die möglichkeit die schwierige hs. richtig verbessern zu lernen:

Fol. 1—1' 3 gedichte, 2 sicher, eines möglicherweise des Paulus Diaconus. V (Pk. I 43): H einzige hs., einfache lesefehler; nachdem *habitare* ihm v. 2 wie *hubitare* erschien, überträgt er *dubitare*. zu bessern bleibt v. 8 statt *sed* ein eigenname, v. 13 fiel hinter *mihi* ein *enim* aus. Paul. Diacon. VI, ebenso; ein überflüssiges *que* v. 13 vielleicht aus vorhergehender zeile. zu bessern bleibt v. 25 *diti* (*de te* H; *tacite* Wattenbach) *caperisque decore*, v. 32 sind die conjecturen Wattenbachs und Dümmlers metrisch unmöglich, zu lesen ist *corde tibi ut releuata boni spes*[1]) *rite* (*fidet* H) *redundet* (*reduntet* H). Paul. Diac. (?) LIII (s. 83) ebenso; auch v. 5 ist ausser *stricti* in *strictim* nichts zu ändern, der vers ist parenthetisch zu *uomer*; zu bessern bleibt v. 12: *ordea* (*ardia* H) *mundani* (*mundam* II).

Folgen f. 2 schreiberverse Deodats, eines schülers Dagulfs (Pk. I 92 V), H einzige hs., nur lesefehler; Dümmler nimmt v. 26 eine unnötige umstellung vor, zu lesen ist vielmehr: *his plenus sperne* (*spernere* H).

Folgt f. 2' gedicht Eugens v. Tol. und eines unbekannten *de peste*; dann epitaph auf den jungen Lothar (Pk. I 71 XXXIX), überliefert ausserdem in 2 hss. s. IX. und X., H zeigt durchaus nur lesefehler, an einigen stellen bietet es allein die beste lesart; diesen ist hinzuzufügen 22 wo mit ihm *arce* statt *aula* und 23 wo mit ihm (und P) *hausit* (*rapuit* entsprechend) zu setzen sein wird[2]). auch v. 17 gibt nur H die möglichkeit zu emendieren:

en (*heu* HP, *huc* G) *genitrix* (II, *genetricis* PG), *cuius* (*huius* HPG).

Folgen christliche epigramme aus inschriften gesammelt und f 5' 2 gedichte des Paul. Diacon. IX f. (Pk. I 46 f.), auch in anderen hss. überliefert; H zeigt durchaus nur lesefehler und die gedichte hätten zur not aus ihm allein hergestellt werden können; IX 6 scheint H allein die richtige lesart zu überliefern.

Folgt Eugen v. Toledo und Smaragd; dann f. 11—14 Alchuine LXIX 1—100, aber Dümmler hat H nicht vergleichen lassen[3]).

1) nach Zfda. XXI 471 stände *spes* nicht in H, und darauf gründet sich Wattenbachs, wenn auch trotzdem falsche vermutung.
2) v. 10 ist gegen alle hss. *imbrifluis* statt *imbrifluus* zu schreiben.
3) aus einer eignen collation des brux. 4433 s. X zu diesem gedichte

Folgen 14—21 2 gedichte *incipe luctificos* (?) und des [Cyprian] Hartel III 308 (vgl. W Meyer anfang und ursprung der rhythm. dichtung s. 118) und 21—26 die zuerst von Baehrens herausgegebenen *unedirten gedichte* des altertums. sie stehen nur in H; schon Baehrens hat aber gesehen, dass ihre zahlreichen fehler nicht in H, sondern vor H liegen. es sei gestattet zu einem dieser gedichte einen beitrag zu geben: f. 26¹ hendecasyllabische fabel eines unbekannten (= Tiberianus c. III ed. Bs. Plm. III 266):

> *ales, dum madidans grauat pruina,*
> *udos largius explicat uolatus*
>
> *de coepto in medio repente nisu*
> *capta est pondere deprimente plumae.*
>
> 5 *cassata ⟨in⟩solito uigore penna*
> *quae uitam dederant dedere letum.*
>
> *sic: quis ardua nunc tenebat alis,*
> *isdem protinus incidit ruinae.*
>
> *quid sublima peragrauisse prodest!:*
> 10 *qui celsi steterant iacent sub imis.*
>
> *exemplum cupiant nimis uolando,*
> *qui uentis tumidi uolant secundis.*

1 * *madida* H: * *grauata* H; * *pennis* H. 2 * *tardius* H; Rohde: *expleat* H. 3 * *daepta* H. 5 * *solito* H; * *pennae* H. 7 Baehrens: *arduam* H. 9 * *circuisse* H. 10 Rossberg: *celsis* H. 11 * *tenendo* H, *petendo* mit comma vor *nimis* Baehrens. 12 Rohde: *uanis* H; Rohde: *tonant* H.

Folgen 26—30 gedichte Theodulfs, zu denen Dümmler keine collation aus H gibt; dann die gedichte des Ermold auf Pippin (Pk. II 79) die H allein und zwar nur durch lesefehler entstellt überliefert. stellenweise kann man im näheren anschluss an die überlieferung von H das richtige finden, als es bisher, auch von

———

teile ich als wertvoll mit, dass v. 25 dort statt des unmöglichen *inest*, wofür die andere für das gedicht erhaltene hs. *uideant* liest, mit *uere est* das richtige gegeben wird. 166 liest der brux. *scripserunt.*

mir (vgl. Pk. II 722), versucht worden ist. das folgende ist also zugleich eine retractatio. v. 21 *sit* statt *se* (H); 85 vielleicht *pocula* statt *copia*, so sagt Eugen v. Toledo hexaem. ed. Lorenzana s. 37 *et pendent foliis iam pocula blanda futura*; 116 *Helisaze* aus *helisacie* (H); 127 *opacam* ist richtig (Ägypten das land der schwarzen); 157 ist leichter als das früher von mir vorgeschlagene:

> *hic populis noto scripturae (scripturas* H) *frangere uerbo certat et assiduo uomere corda terit,*

dh. *frangere corda* vgl. Ermold in Ludow. IV 736 s. 78; 183 *exilii* statt *exilium* (H); Ermold ad Pipp. II 14 (s. 86) ziehe ich jetzt vor:

> *rustica cum cignis (magnis* H) *mergula (merula* H) *saepe canit,*

über *mergulus* vgl. Theodulf XXVII 7 (Pk. I 491), dazu gab es eine nebenform *mergula*; v. 68:

> *adsimilata deo quod (quia est* H) *creatura nitet (nihil* H);

v. 75 lese ich jetzt:

> *oratu et fletuque simul caleste (caelestia* H) *petendo (mente tuendo* H);

v. 77 *erema* wie ich vorschlug ist falsch, diese messung überhaupt sehr selten, es muss heissen: *quotiens sibi rite (re* H) *placebat*; v. 170 *testatur (gestator* H).

Folgen f. 36 verse des Theodulf, zu denen II nicht verglichen ist, dann 47¹—50¹ Alchuine an die Lindisfarner.

Folgt 50¹—51¹ ein gedicht an den jüngling Prudentius Galindo (Pk. I 579 LXXIX); nur in H. v. 4 ist missverstanden dabin gedeutet worden, dass der absender Prudens hiess. aber:

> *nomine qui patrio fulget, praenomine nostro:*
> *hinc rutilat Prudens, inde Galindo nitet*

kann doch nur bedeuten wollen: *der mit einem seiner muttersprache entnommenen namen, mit einem unserer sprache entnommenen vornamen glänzt: von seiten des vornamens schimmert er als prudens (der kluge), von seiten des namens leuchtet er als galindo (der ge-*

4 **

linde). der einheimische gothische name ist Galindo. der roma-
nische vorname Prudentius. *nostro* weist nur darauf hin, dass der
dichter romane ist. ich lese v. 7 *quum (quam* H) vgl. Pk. III
1 s. 135 zu v. 103: v. 11 *fulsit (fulsi* H). 12 *ut (at* H): v. 21
nocuos (notos H); v. 26:

> *dictam, n amque loca torrida T(artarea):*

29 *rogitat* mit H, die charta spricht; 32 *quid* mit H: 33 *sit* für
si (H); *memoratus in istis* und 34 *piis* mit H: im gedicht des
jünglings Prudentius soll Theodulf gepriesen werden, womit nicht
gesagt ist. dass Th. nicht mehr lebt; 39 *cum uiseret* ist natürlich
conuiseret nicht *inuiseret* wie Pertz wollte; 41 *pro* mit H; v. 43:

> *rusticus et (est* H) *licet* (om. H) *hic (nec* H) *tali nunc or-*
> *dine sermo,*
> *unde eludatur (uidentur* H) *primus in arte puer,*
> *nec tenui uitta, solito nec fulminet ostro* (Dümmler; *omor* H)
> *nec girum rotula ornet (currit* H) *amena suum:*
> *te piu . . .;*

v. 51:

> *atque poetalem gradiens* (radiat H) *quaecre inde coronam*;

v. 67 *rite* statt *laeta* H.

Folgt 51¹—53¹ Theodulf LXXV (Pk. 1 573), steht nur in H.
zu bessern bleibt: v. 1 f.:

> *quum (quam* H vgl oben) *uariis maneat praesens repleta*
> *periclis*
> *uita, bonum gerere nos decet ergo retro (crebro* H);

v. 9 *quo (quos* H) *stabilis (utilis* H); 18 *ambit* statt *abit* (H) vgl.
Eugen Tolet. ed. Lorenz. s. 72; 21 f. hat H:

> *quo bineat tine infausto non pesida de me*
> *nec aerugo uerax polluit post istis,*

die biblische stelle ist öfter verarbeitet worden vgl. zb. Sedul. c.
p. IV 21 und Iuuenc. 1 647, unser dichter schrieb wol:

> *quo blattae aut tineae haustu non roscida demunt*
> *nec aerugo uorax polluit ista situ,*

uorax hat schon Dümmler verbessert;

v. 30 *item* (*idem* H); v. 39 f. über das jüngste gericht:

multiplicesque cadent caeli de uertice summo
turbinis impulsu concrepitante polo,

für die beiden letzten worte hat H *conperit arte polita*; 42 *et* braucht nicht mit Dümmler eingesetzt zu werden: *h* macht position; 50 *polleat axe poli* statt *polleat polleat* (H); 57 *sepultos* H ist nicht anzutasten; 63 *quum* mit H; 110 *lucis* statt *cuius* H; 111 *Tenebrae* gibt H richtig, es ist hier einmal wegen der personification des singular gewagt, übrigens müsste es sonst *tenebris* heissen.

Folgt Theodulf XXIX (s. 517); nur in H. viele fehler sind von Dümmler und Ebert glücklich gehoben, es bleiben etwa v. 79 *uietae* für *quietae: lex uieta* ist was v. 59 *lex antiqua* genannt wird, diese bedeutung hat *uietus* einige male bei späteren; v. 57 vielleicht *nec secius* (geschrieben *sequius*; *aequus* H) *apris* (*haberi* H) wenn Eberts conjectur v. 47 richtig ist; v. 54 vielleicht *aut rude saepe merum* statt *metum* (H).

Folgt f. 54 Theodulf LXXIV (s. 573); hier ist im anschluss an H, dem einzigen überlieferer, noch zu verbessern: 4 f. vgl. Pk. III 1 s. 72 anm. 1; 8 *defit adauctus* für *desit ademtus* H; 10 *fructu* statt *fructus* H; v. 11 hat H:

quo crepitans croce o prü rubet ardua foeta,

ich lese:

quo praegnans croceumque pirum rubet, arbuta fetant;

13 *amomi* für *pommo* H; 15 *gemmis* statt *geminis* H; 16 *quo canis* ist mit H zu halten, gemeint sind die silbergrauen blätter; 18 ist ganz heil: *erus* ist gott der herr.

Die hs. schliesst (von f. 55) mit dem grossen gedicht Ermolds. Pertz und mit ihm Dümmler meint: dieser teil sei aus einer wiener hs. des 10. jhd. abgeschrieben. da eine ausführliche collation von H hier nicht vorliegt, enthalte ich mich des urteils, aber auch der zustimmung nach dem sonstigen charakter von H. möglich wäre es ja, dass am schluss noch eine jüngere hs. vorlag, ebenso gut aber können beide aus einer dritten gemeinsamen vorlage stammen.

Festgestellt aber ist, dass in dem vorausgehenden teil von H eine durchaus ungetrübte, nicht gewaltsam umgestaltete, sondern nur durch lesefehler entstellte überlieferung vorliegt. und mit dieser überzeugung gehen wir daran, die überlieferung von H im gedicht an die Lindisfarner zu emendieren, sie zugleich der überlieferung von Q (Duchesnes hs.) und den zeugnissen Hrabans gegenüberstellend. eine gewisse ungleichheit entsteht dabei insofern, als ich da, wo in der einzelüberlieferung und der recension der summlung die gleichen fehler vorliegen, in der ersteren sie verbessern muss um den ursprünglichen text Alchuines zu zeigen, in der anderen um ausser den verbesserungen auch die unterlassungen des recensors zu kennzeichnen, sie zu belassen genötigt bin; doch werde ich dies jedes mal hervorheben. wo ich varianten nicht heranziehe, bin ich der überzeugung, dass sie auf gewöhnliche schreibfehler zurückgehen. auch das umgekehrte mag sich eingeschlichen haben, dass ich gewöhnliche schreibfehler zu unterschieden der überlieferungen heraufgeschraubt habe.

este Das zeugnis des Hrabanus Maurus:[1])

ɔs

di,
mur

me

(s. 193) *una d. r. c. c. a. plangit*
nil fixumque modo tessera laeta dabit.

Dümmler mit der hs.; freies citat.

,

II
ces
ɔa.

nehme Hrabans Alchuinecitate Dümmler Pk. II, wo unter dem
n sorgfältig die vorschwebenden stellen Alchuines verzeichnet

Das zeugnis des Hrabanus Maurus:

ebd. 4 u. f. g. *has fera tollit hiems*
es gefiel ihm offenbar die dem Alchuine geläufige einsilbige
messung von *hiems* nicht, vielleicht auch dachte er *ferit* sei statt
fert gesetzt. ich glaube Alchuine hat immer *hiems* einsilbig gemessen, wie auch Amalarius zb. Pk. I s. 428 v. 52 schrieb, und
vgl. die gedichte aus Sulzburg ebda. II 644. das dürfte mit ein
grund sein, dem Alchuine den conflictus ueris et hiemis abzu-
sprechen, wo *hiems* immer zweisilbig gebraucht ist.

auch der ı
lchuine wol

67 *Hesperiae* ₁

67 *H. p. q. g. i. be*
gesichert.

80 *qua prius*

80 *qua almus honor*

80 *quia* H; *ferat* H

87 *uita tuis a.*

87 *uita tuis alia s.*

urbe ist
her aus-
'*mundo*'
ss Alch-

89 *aurum ut ;*
purior u.

89 *aurum ut flamm.*
p. utque a. s.

90 *atque* H. 89 ents
ist wol nur recensor
schen *disticha*, fand ι
ihn als μοναστικὰ g
einen karolingischen v

ss diese l

93 *quemque p*
saepius ι

93 *q. p. natum car*
s. huic t. dura

93 *natumque* 11 (auf ς

95 *sic deus o*
s. 691 wil

95 *s. d. o. s. p. s. |*

Das zeugnis des Hrabanus Maurus:

86 ano. 34 wie die überlieferungen Alchuines, nur *nec* zur anknüpfung statt *non*.

XIIII 65 (s. 176) *aurum flamma p. i. t. m.*
p. utque a. s. c. p.
ein citat, welches mit der recension stimmt.

XXXVII 89 *quem pater ast natum caro c. a.*
s. huic t. dira f. dabit.
ein citat, welches scheinbar sich an die sonderüberlieferung anschliesst, *dira* 90 freie änderung.

ebda. 41 *s. d. o. s. p. s. probabit*, aber *probabit* ist wie der zusammenhang lehrt (vgl. 39 *haec quoque semper erat*) nur schreiberfehler für *probauit*.

ellt: zeugnis des Hrabanus Maurus:

onturbct sancte inconstantia frater
n. q. g. u.

H (I

: ein ler verbesserte richtig *conturbet*.

est et erit s. u. o.
s. c. c. f.
anter machen wollen, nicht wegen *fiet* geändert
isst.

b wec
o.

adios (

r einzelüberlie
                zel
riat tempus ni
                    q
schiebt II *qu*^{s} *i*
                    rt
chrieb wol: *n*
versschaden *b*

ies quicquid cc$^{q_l}_{xo}$
                    'ci
                    τ]
                        i.
ua te numqua.
iciens . .   )

з. *C. s. ciues*
n. s. t. q. s. (γ,

ırchaus die r$_ε$
h. d. kgl. säc
schreibt mit
bebis sanctoru.

pertristaris au
melius, naleas

II; *perdere c*

ist ein schon

f₁

Das zeugnis des Hrabanus Maurus:

l

ɔ

i

ı̒

ṁ

XI 29 (s. 178) *l. i. a. C. s. ciues* (so die hs.; Dümmler mit
Brower *ciuis*)
i. m. s. t. q. s. e.

i₍hrt die gesamte Alchuineüberlieferung; vgl. zb. M Haupt berichte
h₍ferung abgezogen habe, steht freilich nicht dort, aber er lehrt nach
d halten hat; zb. c. XLIII 29 (s. 255) *tu quoque, sancte pater, laudem*
n₍l *ciues* sicher mit *clarus* zu verbinden ist.

rı

ı

rı

iı

zeugnis des Hrabanus Maurus:

'er einze

. *m. p.* ¢
pandens

ıler: *feri*

ı. *gesta l*

imul atq
orum fix
ntes prec
stibus ex

Ŧ 181 ı

ı *domino*

tacito s.
h. q. s.

ıen: *tant*
[

. *u. s. d.*

'. *uiui p.*

agisque t
ruenias ı

ı qui
ıpertas
ɔrde H

ı H   21

Das zeugnis des Hrabanus Maurus:

XXXVII 97 *te quoque iam facias tota uirtute paratum,*
             ut, quo peruenias, t. n. fiant.

ein citat nach der recension.

:s Hrabanus Maurus:

es falsch zu α

          capiet c. p.
          p. m. s.
          ıng.

          scammate u.
).

fehler war selbe wort auch in de laude s. crucis
: trotz der schwierigen drucklegung
eblen sollen.

          . C. iam c. u.
          nque tuis corrige h. c.

Das zeugnis des Hrabanus Maurus:

ebda. 85 (s. 195) *n. e. q. d. plagis c. i. i.*
sed nostra in melius u. f. c.
e. pie f. e. p. c. n.
q. a. n. t. ille flagra.

Hrabanus hat *flagra* nicht vorgefunden, sondern um seine bessere kenntnis zu beweisen hier *plagas* ersetzt und es mit richtiger messung 85 eingeschoben. übrigens hat auch Alchuine v. 184 *plaga* richtig gemessen.

Die untersuchung ergibt mit ziemlicher sicherheit: dass wir in H eine überlieferung haben, die zurückgeht auf eine abschrift (x) der ersten fassung des gedichtes, wie eine solche nach Lindisfarne gesandt und wahrscheinlich auch auf dem continent verbreitet wurde; dass aus derselben abschrift das exemplar geflossen ist welches in der ersten hälfte des 9. jhd. ein sammler der gedichte Alchuines benutzte um es einer hauptsächlich metrischen und grammatischen recension zu unterziehen (y), deren abschrift einst die hs. aus s Bertin bot; dass aus dieser recension Hrabanus Maurus seine citate schöpfte, ihm aber daneben eine mit x nicht identische abschrift des gedichtes vorlag, die stellenweise einen reineren text hatte und nach der er den text der recension corrigierte. eine reihe von abweichungen aber bei seinen anführungen ist Hraban selbst zuzuschreiben: sie waren teils begründet durch den veränderten inhalt seiner eignen gedichte, teils durch das streben nach einer grösseren noch über das maass der recension hinausgehenden correctheit.

Um dem glauben vorzubeugen: es sei die recension an dem gedicht vollzogen worden bevor es in die sammlung kam, schliesse ich mit einigen stellen, die ich aus anderen gedichten auslese wo andre einzelüberlieferungen vorliegen.

Alchuine XXI 35 (s. 243) stand jedesfalls ursprünglich was jetzt in der auf Arno zurückgehenden hs. gelesen wird:

cuius amore pio me tu commende rogamus,

Q verbessert:

cuius amore pio commenda me rogo frater.

aber vgl. [1]) Alch.: XX 25 (s. 241) *illius et uitam precibus commendite Christo* (so auch Q), LI 5 (s. 264) *obsecro meque piis precibus commendite Christo* (wo Q *commendate* hat), LXXII 8 (s. 294) *sed uetera ammoneo uestrae commendite menti* (das gedicht fehlt in Q), CII 8 (s. 329) *qui legitis uersus ambos commendite Christo* (so auch Q), CXIII 29 (s. 344) *nunc fratres animam*

---

1) die stellen hat schon DC. gesammelt, auch die nachfolge Bruuns Pk. II 115 (*commenditus*) angemerkt, aber falsch die formen zu einem verbum *commendire* gezogen. den metaplasmus mögen formen wie *impendite* befördert haben.

precibus commendite Christo uud I 15 (s. 170) wo ich oben s. 47 *mecum ferte pedes uestris commendite* (*componite* Gale) *carmen* hergestellt habe.

Alchuine CI I 12 (s. 328) hat die auf Arno zurückgehende einzelüberlieferung (Z):

> *qui tibi iam talem* (*tale* Z) *habitare instruxerat aedem,*

Q verbessert:

> *qui tibi iam talem ad habitandum struxerat aedem.*

aber man vergleiche die unantastbare überlieferung[1]) VII 33 f. (s. 226):

> *ut calamis flores pastorum more rubentes*
> *colligerim capiti diuo conpingere serta.*

---

1) vgl. Boucherie Rev. d. l. rom. VII s. 9 und 443 f.

III.

DIE TOPOGRAPHISCHEN RHYTHMEN AUF MAILAND UND VERONA.

Es ist beklagenswert, dass der klassischen arbeit W Meyers: Der ludus de antichristo und bemerkungen über die lat. rythmen des 12. jhd., nicht schon die quellen in einer gestalt zu grunde liegen konnten wie wir sie jetzt nach ihrem erscheinen (1882 in den Sitzungsber. der philosoph.-philolog. u. histor. classe der k. b. ak. d. wiss. zu München s. 1 ff.) gestalten würden. Wilhelm Meyer hat es ausdrücklich abgelehnt die kritik der texte mit in die untersuchung einzubeziehen, wenn auch allenthalben im einzelnen fördernde bemerkungen und verbesserungen eingestreut werden. nur die in diesem fall zum vorteil ausschlagende nachlässigkeit der herausgeber machte es ihm trotzdem möglich die gesetzmässigkeit gewisser ausnahmen überhaupt nur nachweisen zu können: denn deren absicht wenigstens war es alle ausnahmen nach dem gewöhnlichen zu verbessern, ganz gleich ob sie durch ihre häufigkeit bestätigten, dass sie keine zufälle wären: wer silbenvorschläge und taktwechsel sucht, hat nicht in den texten sondern in den apparaten zu suchen; ebenso: wer hiat und elision beobachten will, darf sich nicht durch die texte bestimmen lassen. man war auf dem besten wege den thatbestand einfach verkümmern zu lassen: da kam den zauber beschwörend und die bahn frei machend Meyers büchlein um an stelle der systematik der vorurteile die systematik der thatsachen zu stellen. nur ein beispiel. noch herr Ebert Ldma. I 612 anm. 2 durfte es wagen Jaffé vorzuwerfen, dass er *wunderbarer weise übersehen habe* eine in der that gewaltsame umstellung vorzunehmen, um einem rhythmus des Bonifatius besseren fluss zu geben: bei Meyer steht dieser jetzt als VIII 22 unter den jambischen achtsilbern mit unreinem schlusse, mit recht zu seines gleichen gestellt.

Auch auf sprachliche sonderheiten dieser literaturgattung wird man noch zu achten haben, ehe reine texte zu stande kommen können. es ist eine belehrende fortsetzung zu den von Schuchardt (vokalismus I 442 vgl. II 147 und Birt Rh. mus. 34 1 ff.) niedergelegten untersuchungen[1]), dass — was in der gelehrten hexametrischen poesie auch später offenbar gemieden wurde[2]) — *ceu heu seu* in den rhythmen, gewiss der aussprache gemäss, zweisilbig gebraucht werden können.

Unbeanstandet ist dies zb. stehen geblieben Jaffé Mon. Mog. s. 43 v. 72:

spissam ceu aranea telam texit muscarea,

ebda. 44 76

quorum persplendet species pulchra ceu planities,

ebda. 46 34

caeli ceu per culmina candent exorta fulmina,

ebda. 47 15

lucent sub fronte lumina lati ceu per culmina[3]),

Paulus Diacon (?) LII 11 3 (Pk. I 82)

nec dare laxis curant heu pro dolor,

---

1) vgl. Voigt Ysengrimus s. 432 s. u. *eohe.* auch innerhalb anderer worte ist *eu* gelegentlich zweisilbig.

2) hier kenne ich als spätere beispiele nur die noch ungedruckten gedichte aus Centula (vgl. Na. IV 515) und das von Löwe-Hartel Bibl. patr. hisp. I, 289 herausgegebene rätsel, wo *seu* zweisilbig gemessen wird. offenbar gehört es nicht, wie Löwe wollte, in den kreis der von mir Pk. III, 1 herausgegebenen spanischen gedichte, sondern in den ausgang des altertums, in die zeit etwa des Isidor und Sisebut.

3) ebda. 41 88 ist *heu* einsilbig.

Vita s Germani des 9. jhd. herausgegeben von Gaudenzi Bologna 1886 s. 15:

heu mihi ait plorans o infelicissimo.

Aber Paul. Diacon. XII 3, 3 und 4, 2 (Pk. I s. 4) steht:

eheu laudibus deridor et cacinnis ohprimor und
similor Tertullo siue Philoni Memphitico,

wird überliefert *heu* und *seu;*
Paul. Diacon. (?) LI 14 3 (ebda. s. 80) steht:

ceu de propriis sic dolet alienis lapsibus,

wird überliefert ohne *de;*
Paulus Diac. ebda. s. 626 9 1 steht:

inde quinta in 'zi' erit ceu 'ruxi' et 'luxi' est,

wird überliefert ohne *et;*
Paulin. Aquil. steht II 11 1 (ebda. s. 132):

heu me quam durum quamque triste nuntium,

aber überliefert wird in einer hs. ohne *me*[1]);
Theodulf XXXVII 10 2 (ebda. s. 529):

nobilis coniunx siue clara proles,

aber überliefert wird *seu;*
Agobardus (ebda. II s. 119) steht *eheu pro dolor,* aber überliefert
wird *heu;*
[Hraban.] XVI 8 1 (s. 256) steht:

heu quam dolenda nimis haec est inanis stipula,

aber in einer hs. wird ohne *est* überliefert und nur das macht
einen vers;
noch ein dichter der zweiten hälfte des 11. jhd. Benzo von Alba
hat in seinem rhythmus (Ss. XI 599) gesagt:

Pindarus seu Homerus et noster Horatius,

und hier hat nicht nur L Müller (Rh. m. 24 493) sondern sogar
M Haupt (op. III 340) *siue* zu lesen befürwortet.

---

1) ebda. X 16 2 (s. 148) ist vielleicht aus H: *nunc heu facta r. s.* herzustellen.

Aus der karolingischen frühzeit heben sich zwei rhythmen ab, die eine gemeinsame behandlung erfordern ohne sie in neuerer zeit gefunden zu haben: der auf Mailand (Pk. 1 24) und der auf Verona (Pk. I 118). sie gehören zu den trochaeischen fünfzehnsilbern mit silbenvorschlag (Meyer I 38 und 39). silbenvorschlag war in dieser zeit überhaupt noch allgemein gestattet und auch unter den trochaeischen fünfzehnsilbern, die Meyer als regelrechte anführt, gehören hierher sicher noch I 13 14 35 und 36.

Über die abfassungszeit des rhythmus auf Mailand kann ein zweifel nicht gut bestehen. er ist bald nach 738 entstanden [1]).

Der rhythmus auf Verona ist aus folgender erwägung möglichst nahe an 810 das todesjahr des in ihm als lebend gedachten Pippin zu setzen. *ut docet Isidorus* sagt der dichter 1,2 um zu begründen dass Verona *in partibus* [2]) *Venetiarum* gelegen sei. aber Isidor lehrt, wie Dümmler angemerkt hat, dies nirgends; ebensowenig etwa der geographus ravennas. wol aber hat Paulus Diaconus hist. Langob. II 14 ed. Waitz in seinem provinzenverzeichnis· gesagt: *igitur Alboin Vincentiam Veronamque et reliquas Venetiae ciuitates . . cepit. Venetia enim non solum in paucis insulis quas nunc Venetias dicimus constat, sed eius terminus a Pannoniae finibus usque Adduam fluuium protelatur.* dieses provinzenverzeichnis [3]) ist dann in das VIII. buch der etymologieen des Isidor interpoliert worden. wir lesen im codex bobbiensis jetzt vaticanus 5764 s. IX./X. f. 152' (vgl. Reifferscheid b. p. I 550): *LXXXIIII descriptio prouintiarum italicarum. prima igitur italiae prouincia uenetia appellatur. uenetia enim non solum in paucis insulis* usw. bis f. 156' *latebram* (dh. Paul. Diac. II 24 s. 86). vermutlich hat sich die vorlage dieser hs. im anfang noch genauer an Paulus angeschlossen, so dass der dichter, der einen reineren text des Isidor nicht kannte, diese notiz über Verona dem Isidor zuschreiben

---

1) wie Gratiolius (so) sah: de praecl. Mediol. aedificiis Mailand 1735 anhg. s. XV anm. 4. die zahl war nach Boehmer-Mühlbacher zu verbessern.

2) über diese ausdrucksweise vgl. Abel-Simson jahrb. d. fränk. reichs unter Karl d. gr. I, 663.

3) vgl. Mommsen Na. V 84 ff., dessen gründe Waitz ebda. 417 bekämpft aber nicht besiegt hat.

musste[1]). wir kennen das jahr von Paulus' tod nicht; man nimmt
gewöhnlich an, dass er noch vor 800 gestorben sei. man muss
ferner wol annehmen, dass seine Langobardengeschichte erst nach
seinem tod allgemeiner bekannt wurde. und ehe ein leser in
Isidors etymologieen die aus Paulus interpolierte stelle vorfand,
musste wiederum einige zeit verstreichen. so nähern wir uns dem
angegebenen zeitpunkt.

Darnach aber ist die vermutung von Gratiolius zeitlich nicht
annehmbar: die ähnlichkeiten beider rhythmen mit einander,
welche er selbst zuerst gesammelt hat (aao. s. VII), mit ge-
meinsamkeit des verfassers zu erklären[2]). und Dümmler sah sich
genötigt mit früheren den rhythmus auf Verona in nachahmung
des auf Mailand entstanden zu denken. das ist möglich. ich
wage aber noch eine andere erklärung. in der jetzt verschollenen
hs. von Lobbes, die den rhythmus auf Verona allein überliefert
hat, fand sich unmittelbar mit diesem verbunden (vgl. die Ballerini
in Ratherii op. s. XI ff.) ein stadtplan von Verona. ich fasse den
rhythmus als seinen begleiter und erklärer und nehme an, dass
der ältere mailänder mit gleichfalls ausgeprägt topographischem
charakter verfasst wurde einen mailänder stadtplan zu erklären[3]).
ich suche das gemeinsame vorbild in einem karolingischen rhythmus zu dem karolingischen stadtplan Roms so fraglich auch der
rhythmus sein mag[4]), den ich als volkstümlichen erklärer hinzu-

---

1) auch das *Isidori breuiculum* bei P Pithon (vgl. Arevalo Isidor. II 72)
wird ähnlich zu erklären sein.

2) auch metrisch nicht annehmbar wie W Meyer zeigt, wenn auch seine
gründe auf grund der neuen textgestaltung etwas anders zu fassen sind.

3) schon Gio Gia Dionisi il ritmo dell'anonimo pipiniano Verona 1778
s. 34 und 50 hat den stadtplan von Verona mit dem veroneser rhythmus in
freilich seltsam phantastischen zusammenhang gebracht.

4) ich will wenigstens in der anmerkung anführen, dass die dem veroneser
plan eingeschriebenen verse (auch bei Dümmler Pk. I 118 anm. 1) *magna
Verona uale volens per secula semper* mit denen des schönen rhythmus auf
Rom ʻ(zb. Rh. mus. 1829 s. 7) *salutem dicimus tibi per omnia, te benedicimus
salue per saecula* verglichen werden können; die vielleicht ein nachklang jenes
älteren rhythmus auf Rom sind. noch ein weiteres kann man über diesen hin-
zufügen, wenn man von vermutung zu vermutung aufsteigen darf. ohne ein
mittelglied anzunehmen wird man die ähnlichkeiten, welche der mailänder

denke, — dass in karolingischer zeit der antike stadtplan in die
gestalt umgewandelt wurde, auf welche in letzter linie die römischen
stadtpläne des späteren mittelalters zurückgeben, lehrt ein blick
beim vergleichen des von Biancolini dei vescovi e governatori di
Verona dissertazioni due Verona 1757 hinter s. 54 und nach ihm
von Dionisi aao. aber stark stilisiert und interpoliert abgebildeten
veronesers mit den von I Strzygowski Cimabue und Rom Wien
1888 als cimabuesk betrachteten plänen Roms; und man wird
finden, dass, was Strzygowski dem genie Cimabues anrechnet,
wenigstens anderwärts in Italien längst geleistet war. wie man
aber einerseits Strzygowski beistimmen muss, dass, entgegen der
annahme de Rossis, die späteren pläne Roms nicht unmittelbar
auf die antiken zurückgehen können, so kann man auf der anderen
seite von Strzygowski zustimmung zu der annahme verlangen,
dass mit einem mittelglied aus karolingischer zeit in der art des
planes von Verona sehr wol die nachfolge erreicht werden konnte,
die er auf den namen des Cimabue getauft hat [1]).

Der rhythmus auf Verona ist im vorigen jahrhundert als
ritmo pipiniano berühmt geworden und hat lange die geister der
lokalhistoriker in bewegung gehalten. mit seiner hülfe hat
Biancolini und Cenci die chronologie der bischöfe von Verona,
Vallarsi und Dionisi, Moroni, Guerini und Biancolini die le-

und veroneser rhythmus einmal unter einander und dann nicht nur im versbau
sondern auch im stil und einzelnen wendungen mit dem von Pertz Abhandlg.
d. berl. ak. d. wiss. 1845 s. 264 ff. herausgegebenen kosmographischen rhythmus zeigen schwerlich erklären können. Pertz denkt diesen in der mitte des
7. jhd. entstanden, Dümmler Zfda 23 280) hält einen Theudofredus von Luxeuil
späteren abt von Corbie und dann bischof vielleicht von Amiens für den verfasser, doch ist nur Pertz' ansatz einigermassen sicher. diesen kosmographischen rhythmus nehme ich an hat die vorlage des mailänder und veroneser:
der römische benutzt.

1) auch die meisten anderen der an und für sich bestechenden vermutungen
Strzygowskis glaube ich nicht. aus einer blumenlese glücklicher funde in
Italien hat er Cimabue einen ruhmeskranz geflochten, den — ich fürchte
sehr — wieder jener archäolog dem für uns mit dichtem schleier umhüllten
meister vom haupt reissen wird, der — wie Strzygowski an stelle von Thodes
Giotto den Cimabue gesetzt hat — auf den sockel des strzygowskischen
Cimabue einen noch viel dunkleren ehrenmann stellen wird.

genden von Firmus und Rusticus, Sarti und Biancolini christlich
archäologische fragen diskutiert[1]). an ihn und den rhythmus auf
Mailand knüpfen Maffeis und Muratoris streitigkeiten an; und
wie Maffei sich bemüht die gesetze der rhythmik festzustellen: die
ihm schliesslich ein *Rauennia Isidorius* u. ä. aufzwingen, sucht
Muratori sich mit dem vorgang des grossen Mabillon deckend den
herausgebern unedierter texte principielle vorschriften zu machen,
die darin gipfeln: man solle die hs. möglichst genau abdrucken
und die verbesserung den lesern überlassen.

Die arbeiten der lokalpatriotischen historiker, guter patrioten
und schlechter historiker, strotzen von unzeitiger gelehrsamkeit
und übereilten schlüssen. man ringt förmlich um die palme des
dilettantismus. Dionisi versteigt sich schliesslich zur behauptung:
Dante hätte den ritmo pipiniano nicht nur gekannt, sondern auch
von ihm sich verbessernd sagen können:

> *tu se' lo mio maestro e'l mio autore,*
> *tu se' in parte colui da cui io tolsi*
> *lo bello stile che m'ha fatto onore.*

Wenn ich nicht fürchtete mich lächerlich zu machen, meint er
anderswo *so sagte ich frischweg: hätte Dante zu jener Zeit gelebt, ich
würde ihn ohne weiteres für den verfasser des ritmo pipiniano
halten.*

Doch wäre ich neugierig genug, Vallarsis trattato con note
al ritmo pipiniano lesen zu wollen, der sich wol noch hsl. in
Verona vorfinden wird. sterbend hat er ihn dem Dionisi ver-
macht, dieser ihn für seinen commentar, Verona 1773, benutzt
und dann der biblioteca canonicale einverleibt. das wenige was
Dionisi von Vallarsis bemerkungen mitteilt spricht dafür, dass
wir es hier mit ernster wissenschaftlicher arbeit zu thun haben;
es war daher von mir möglichst zu retten. die überlieferung des
rhythmus auf Mailand beruht auf einer veroneser hs. des 9. jhd.,
deren collation ich nach Pk. I 24 ff. benutze.

Den rhythmus auf Verona liess bischof Ratherius abschreiben
oder schrieb ihn vielleicht selbst ab; seine abschrift: der codex

---

1) damit ist die reihe dieser gelehrten wie ich aus Cenci sehe keineswegs
erschöpft. aber nur die oben erwähnten waren mir zur hand.

lobbiensis (L) ist verloren; aus ihr geflossen sind die Mabillons
vet. anal. [1] I 371 (Lm), die von Maffei besorgte und von
Dümmler verglichene (Ld vgl. Pk. I 118 ff.) und die für Biancolini angefertigte (Lb), auf der auch der text in Cencis dissertazioni
critico-chronologiche Verona 1788 s. 185 ff. beruht. die sauberste
abschrift ist offenbar Lb welche bis auf die zeilenschlüsse genau
die vorlage wiedergibt; doch machen ein paar kleine versehen —
wie zb. die auslassung eines wortes — die anderen nicht überflüssig, aber sie sind mit vorsicht zu benutzen, da sie offenbare
conjecturen in den text stellen. ich rekonstruiere L und setze dies
zeichen in einzelnen klaren fällen zur lesart selbst nur einer
der drei abschriften. neben L und wie mir scheint aus derselben
vorlage wie er stammend war früher noch eine andere abschrift
des rhythmus in Verona bei den pp Gesuati in s Bartolomeo in
monte (vgl. Zenonis sermones edd. Ballerinii s. LVII) vorhanden
um schluss einer pentateuch-hs. *litteris antiquissimis*. aus ihr hat
Girolamo dalla Corte in der istoria di Verona ebda. 1596 I s. 52 f.
— also lange vor Mabillon und ehe das durch ihn erweckte
interesse in Verona eine reihe von abschriften aus den abschriften von L hervorrief — den rhythmus bis 12, 1 herausgegeben (C). die pp. Gesuati wurden 1668 aufgehoben (Biancolini notizie storiche delle chiese di Verona ebda. 1769 s. 465),
die hs. scheint verschollen zu sein. mit ihr verwandt, vielleicht
aus ihr abgeleitet war die, jetzt gleichfalls verschollene, der
Coelestiner in Rimini (vgl. Dümmler Na. IV 149); eine abschrift
derselben (R) liegt in einer veroneser hs. des 15. jhd. vor, aus
welcher Dümmler Pk. aao. gelegentliche mitteilungen macht. R,
wenn nicht schon seine vorlage, hat aber mit einer willkür ge-
schaltet, dass es schwer fallen würde: von ihm aus auf den text
des in C nicht erhaltenen teiles rückschlüsse zu machen.

Eine kritik der endungen in dem rhythmus auf Verona,
welche die ratlose verwirrung zeigen wie sie vor der karolingischen renaissance herrschte, halte ich für ausgeschlossen. eher
könnte man annehmen, dass L uns den tatbestand schon etwas
verschönert zeigt, was von C gewiss ist.

Der rhythmus auf Mailand.

1. *Alta urbs et spacio⟨sa⟩*
   firmiter edificata
   que ab antiquitus uocatur

   manet in Italia
   opere mirifico,
   Mediolanum ciuitas.

2. *Bonam retinet decorum*
   rutilat culture modis
   locus ita fructuosus

   speciem et uariis
   ornata perspicue:
   constat in pluniciae.

3. *Celsus habet opertasque*
   studio nitentes magno,
   que introrsus decoratae

   turres in circuitu
   scultas et forinsecus,
   manent opificiis.

4. *Duodecim latitudo*
   ⟨in⟩ inmensumque deorsum
   perfectaque eliganter

   pedibus est ⟨menium⟩,
   est quadrata ex ruppibus
   sursum ex fictilibus.

5. *Erga murum pretiosas*
   riclis ferreis et claue
   ante quas cataractarum

   nouem abet ianuas
   circumseptas nauiter,
   sistunt propugnacula.

6. *Fori ualde speciosum*
   omnemque ambitum uiarum
   undam capit per ductorem

   habet edificium
   firme stratum silice,
   limphe quandam balastris.

Überschrift in der hs. *Versum de mediota cuū* dh. *mediolan ciui*...; vgl.
u. s. 122. 1. 1 Muratori: *spacio.*
2, 1 * *decorem* 2 *culture* dh. wie 3 zeigt *agri.*
8, 2 * *magnus scultans* 3 * *decorata*; * *mente, manet* Dümmler; * *edificiis.*
4, 1 *duodecim enim latitudo*: ⟨*moenium*⟩ Gratiolius; es ist vor *inmensum* ausgefallen und wurde als *enim* falsch nachgetragen, darnach war aber
menium zu schreiben 2 * ⟨*in*⟩; Dümmler: *et ruppibus* 3 * *eligantur,*
eleganter Dümmler; Dümmler: *et.*
5, 2 für *riclis* ist wol kaum mit Muratori *uinclis* zu schreiben, es steht für
regula riegel vgl. Vitruv. V, 10 ed. Rose s. 125 26 und Diez Wb. s. v.
relha Fumagalli: *claues circumspectas*; vgl. kosmog(raphischen) 18 und
ver(oneser rhythmus) 6, 2.
6, 1 * *Foris* 2 Muratori: *ambitu*; Maffei: *scilicet* 3 *ductorem* ans *ductorum*
die hs.; *quandam* wofür vielleicht ⟨*ar*⟩*quatum* zu schreiben; *balastris*
vgl. Löwe prodr. s. 58 f. *balastrum: balneum.*

7. *Gloriose sacris micat*
   ex quibus almi est Laurenti
   lapidibus auroque tecta,

   ornata ecclesiis,
   intus ala uariis
   aedita in turribus.

8. *Haec est urbium regina,*
   que precipuo uocatur
   quam conlaudant uniuersi

   mater adque patrie,
   nomine ⟨e⟩t metropolis,
   naciones seculi.

9. *Ingens permanet ipsius*
   ad quam cuncti uenientes
   iuxta normam instrountur

   dignitas potencie,
   presules Ausonie
   sinoduli canone.

10. *Karitas benigna manet*
    omnes sedule ad dei
    deuota sua offerentes

    scilicet in populo:
    properant aecclesiam
    munera altaribus.

11. *Letanter ibidem quiescunt*
    Victor, Nabor et Maternus,
    Nazarius, Simplicianus,

    sancti circa menia:
    Felix et Eustorgius,
    Celsus et Valeria.

12. *Magnus presul cum duobus*
    Protasio⟩ Geruasioque
    Calemerusque ibi almus

    sociis Ambrosius
    manet et Dionisius,
    Benedictus recubat.

13. *Nulla potest reperiri*
    ubi tanta requiescunt
    electorum reueluta

    urbs in ac prouincia,
    sanctorum caduuera
    quanta ibi excubant.

7, 2 * *almus;* ° *alauoriis.*

8, 2 * *nominet.*

9, 3 Muratori: *senotali.*

10, 1 in den abecedarii wird *k* meist durch ein mit *ca* beginnendes wort gegeben, deswegen muss zb. rhythm. eccl. ed. Dümmler VIII 10 gelesen werden *Karitas* (* *Claritas* B) *ibi clarescit his qui bene fecerant, mihi semper praeparatur clibanus* (* *lubricus* B) *incendiis.*

11, 1 Dümmler: *Letantur.*

12, 2 Muratori: *protasi* 3 Muratori (der aber überflüssig *Calimerus* schrieb, wofür Dümmler richtig *Calemerus*): *calemernamque.*

13, 1 Muratori: *reperire.*

14. *O quam felix et beata*
que habere tales sanctos
precibus inuicta quorum

Mediolanum ciuitas,
defensores meruit,
permanet et fertilis.

15. *Pollens ordo leccionum,*
modolata psalmorumque
octiensque adimpletur

cantilene, organum,
conlaudatur regula
in ea cottidie.

16. *Questu congrue ditantur*
nudi quoque uestiuntur
pauperes et peregrini

uenientes incole,
copioso tegmine,
saciantur ibidem.

17. *Rerum cernitur cunctarum*
generumque diuersorum
uini copia et carnes

inclita speciebus
referta seminibus,
adfluenter nimiae.

18. *Sceptrum inde Langobardi,*
Liutprandum pium regem
cui tantam sanctitatis

principalem optinet
meritis almificum,
Christus dedit graciam.

19. *Totam urbem presul magnus*
ueniens benigne, natus
quem ad sedem raptum trahent

ornauit Theodorus
de regale germine,
pro amore populi.

20. *Viribus rubusti ciues*
nefandarum subdent colla
palmam possident et nomen

adstantium certamine
expugnando gencium,
quam fidei amplissimum.

15, 2 * *conlaudantur* 3 * *actiusque*, es wurde auch das nocturnum medianum eingehalten.

16, 1 Muratori: *Questum*, aber vielleicht ist *incongrue* herzustellen: 'unver-hältnismässig'.

17, 1 *speciebus inclita* mit den italienern zu schreiben halte ich des reimes wegen für gewagt.

18, 1 es ist wie Gratiolius gesehen hat keine verbesserung nötig 3 Muratori: *tanta*.

19, 1 Muratori (der aber *Theodorius* schreibt, während Dümmler richtig *Theodorus* gibt: *ornouit theodosius* 3 Dümmler: *raptam*; * *trahens*; * *populis*.

21. *Xristum dominum precemur*
   ut dignetur custodire
   adque cunctis liberare

   uniuersi pariter,
   hanc urbem et regere
   ipsam de periculis.

22. *Ymnum regi modolanter*
   qui eam pulchro decorauit
   sanctorumque confessorum

   cantemus altissimo,
   ornamento martyrum
   ibi quiescencium.

23. *Zelemus omnes Christiani*
   ut in illam nos permittat
   in qua sancti per eterna

   saluatorem dominum,
   ciuitatem ingredi,
   gratulantur saecula.

24. *gloria sit deo patri*
   gloriam canamus omnes
   qui trinus deus et unus

   eiusque unigenito,
   spiritui paraclito:
   regnat in perpetuo.

23, 3 Muratori: *sanctis.*

Der rhythmus auf Verona.

1. *magna et preclara pollet*
   — in partibus Venetiarum
   que Verona uocitatur

   urbis in Italia
   ut docet Isidorus —,
   olim ab antiquitus.

Überschrift in L war *V de Verona,* das kann uer*k⟨us⟩ ⟨sum⟩ ⟨si⟩* oder ⟨*sos*⟩ bedeuten wie rhythmen in hss. häufig überschrieben werden, und ursprünglich sein auch Theodofridus Zfda. 22 s. 423 2 redet von seinen rhythmen als *uersiculos,* Gaidhadlus letzte strophe bei Muratori ant. III 677 sagt: *te deposco, dulce frater qui canis unc uersiculum, | ut requiras principales litteras per ordinem: sic inuenitur (* inuenit* Murat.) *eius nomen qui hunc exposuerat,* im rhythmus auf die schlacht bei Fontenay wird in der einen überlieferung 8 1 (vgl. Pk. II s. 138) herzustellen sein: *quod uer⟨s⟩o describitur* wofür die andere *quod descripsi ritmice* hat. der eigentliche gegensatz zu *rhythmus* ist *metrum.*

1, 1 Vallarsi: *urbs* LC vgl. unten 30, 1: *polet* C 3 Maffei: *olim ab antiquis* C *olim antiquitos* L, vgl. mailänder rhythmus: 1, 3, ähnlich auch der beginn des kosmog.

2. per quadrum est compaginata,   murificata firmiter;
    quadraginta et octo turres   fulgent per circuitu,
    ex quibus octo sunt excelsi   qui eminent omnibus.

3. habet altum laberintum   magnum per circuitum,
    in quo nescius ingressus   non ualet egredere
    nisi ab igne lucerne   uel a filo rum> glomere;

4. foro luto specioso   sternato lapidibus,
    ubi in quattuor cantus   magni sistunt fornices;
    plateas mire sternate   de sectis silicibus;

2, 1 dh. natürlich nur: die mauern sind aus festgefugten quadersteinen; ohne
     est C: *munificata* C 2 *tures fulgebat* C 3 *fuerunt excelsę quae eminebant* C.

3, 1 *aliis altum* C 2 *nescit ingressus neque egressus non ualet egredere* C 3 *ab*
     lässt L aus; * *a filo glomere* L *cum filo glomerat* C. gemeint ist gewiss
     die arena vgl. das von Dümmler citierte chronic. Gozec. Ss. X 149;
     aber ich will die vermutung nicht unterdrücken, dass dem veroneser gedicht
     dessen rettung wir dem retter Catulls verdanken, oder vielleicht schon
     der veroneser lokaltradition bei diesem vergleich ihres verfallenen riesen-
     gebäudes mit dem labyrinth Catullus selbst noch vorschwebte 64 112:
     inde pedem sospes multa cum laude reflexit errabunda regens tenui uestigia
     filo, ne labyrintheis (der cod. veronensis hatte *laberintheis*) *e flexibus egre-*
     dientem tecti frustraretur inobseruabilis error.

                                                           strato
4, 1 *late* C: Mabillon: *spatioso* LC vgl. mail. 6, 1: *structo* C *sternitto* (Lb)
                       strato
     oder *sternato* (Ld) L, *sternuto* Lm jedesfalls conjectur (vgl. über derartige
     formen Carolina Michaelis studien zur roman. wortschöpfung s. 29 ff.)
     sternare entstanden durch einwirkung von *consternare — consternere*: so
     steht *consternatus* dh. *constratus* in dem irischen rhythmus Mone 314
     (I s. 448) F wo zu lesen ist *fortitudine bella< tor>* | *consternatus celebris,* |
     pro salute triumpha· tor> | *humanique generis* und *sternatus* dh. *s'ratus*
     durch je ein beispiel von DC. und Forcellini belegt 2 * *magnus instat*
     L *magni instant* C, vgl. kosmog. v. 55 und mail. 5, 3; *forniceps* L.
          strate   strate
     3 *sternitte* (Lb) oder *sternate* (Ld L; *sternutae* Lm, *plateę ex miris struc-*
     turae C.

5. *fana temporum constructa,*
   Lunis, Martis et Mineruis,
   et Saturni siue Solis,

   ad eorum nomina:
   Iouis atque Veneris
   qui prefulget omnibus;

6. — *et dicere lingua non ualet*
   intus nitet, foris candet
   ridet pondus deauratus

   huius urbis scemata:
   circumsepta laminis;
   metalla communia —;

7. *castro magno et excelso*
   pontes lapideos fundatos
   quorum capita pertingunt

   et firma pugnacula;
   super flumen Atiesis,
   ab urbe usque oppidum:

8. *ecce quam bene est fundata*
   qui nesciebant legem dei
   simulacra uenerabantur

   a malis hominibus,
   noui atque uetera
   lignea, lapidea.

5, 1 * *tempora* l. *templa* C; *deorum* C, *deorum* in Lm und nach Dümmlers
schweigen in Ld ist conjectur 2 *lunae* C; *mineruae ianni iouis* C, Vallarsi
wollte an Mineruas stelle Mercur setzen: er hat also wol erkannt, dass
es sich hier sozusagen um eine volksetymologie handelt, welche die
überreste antiker tempel in verbindung brachte mit den geläufigen
wochentagsnamen: deswegen überstrahlt Sol alle anderen (*siue* dh.
natürlich *et*) 3 *saturnis* C.

6, 1 Mabillon: *scemeta* L, wofür nur die glosse *laudes mirifice est* in C
2 *nitidis* C; *candidi* C; Mabillon: *luminis* l.C 3 * versuchsweise: *inde
est pondus auratus* C in aere (in bere Ld) *pondos deauratos* l.

7, 1 *miracula* C, das wahrscheinlich volkstümliche wort ist auch in der
römischen inschrift Pk. II s. 664 VIII 3 herzustellen: *marmore praeciso
radiant 〈 pugna〉cula pulchra* 2 *pontes*] schon die italiener vergleichen
den stadtplan und Liudprand antap. II 40 um zu erweisen dass es nur
eine brücke gab, sicher geht aus Liudprand hervor, dass 3 sich nur auf
die trennung von stadt und castell (*oppidum*) beziehen kann, was gleichfalls schon die italiener gesehen haben; *Atiesis* habe ich belassen, so
hat auch der stadtplan, denn *Athesis* bei Dionisi hat nur der stecher
versehen; C gibt *ponti lapidei fundati s. f. Athesis* 3 *pertingit* L; * *ab
urbe usque ad oppidum* C *in orbem in oppidum* L; hinter *oppidum* hat C
etc: war hier schon in der vorlage von L und C etwas unleserlich?

8, 2 *noua* C 3 *lignea et lapidea* C vielleicht richtig.

9. sed, postquam uenit ergo sacer
   incarnauit diuinitatem
   exinaniuit semet ipsum,

   plenitudo temporum,
   nascendo ex uirgine,
   ascendit patibulum.

10. inde depositus ad plebem
    in monumento conlocatus,
    inde resurgens cum triumpho

    Iudaeorum pessimum,
    ibi mansit triduo,
    sedit patris dextera.

11. gentilitas hoc dum cognouit,
    quia reapse deus caeli
    qui apparuit in mundo

    festinauit credere,
    ⟨et⟩ terrae ⟨erat⟩ conditor,
    per Mariae utero.

12. ex qua stirpe processerunt
    confessores et doctores
    qui concordauerunt mundum

    martyres, apostoli,
    et uates sanctissimi,
    ad fidem catholicam.

13. rite factus adimpletus
    quod caeli clariter enarrant
    ab summo ⟨culmine⟩ caelorum

    est sermo Dauiticus,
    gloriam altissimi
    usque terrae terminum.

14. primum Verona praedicauit
    secundum Dimidrianus,
    quartus Proculus confessor,

    Euprepis episcopus,
    tertius Simplicius,
    pastor et egregius.

9, 1 nach Gal. 4 4 wie schon Dionisi sah; sacra C 2 diuinitatem: re C
8 nach Phil. 2 7 wie schon Dionisi sah.

10, 1 von inde sprang C auf in ab 3 resurrexit C sedit ad patris dexteram
C vielleicht richtig.

11, 1 haec C 2 * quia uere erat dominus caeli et terrae conditor C quare
ipse deus caeli terrae conditor L. 3 uterum C.

12, 2 confessores uirgines et uiduae C womit die mitteilung Cortes aufhört
8 Mabillon: concondauerunt L.

18, 1 * rite: sic L; factus adimpletus ist wie unten 24, 2 facta renouata gesagt
und ist nur ein verstärktes perf. pass. 3 * ad L: * ⟨culmine⟩; usque
hier und 28, 3 wie so oft als präposition mit dem accusativ.

14, 1 euprepis L; ich habe nicht gewagt dafür mit Maffei Euprepius zu
schreiben, obgleich diese form für den bischof gut beglaubigt scheint;
Euprepis ist eine richtige bildung und verhält sich zu Euprepius etwa
wie 15, 1 Lucilius zu der für ihn beglaubigten form Lucillus; dagegen
ist Euprepus, wie Pk. I steht, unmöglich 2 der name ist jedesfalls
aus Dimitrianus verdorben, auf der endothis in s Apollinare in Classe zu
Ravenna las Rossi dafür Dimilianus vgl. Sarto de veteri casula diptycha
Faenza 1753 s. 3.

15. *quintus fuit Sarturninus*   *et sextus Lucilius,*
  septimus fuit Gricinus   *doctor et episcopus,*
  octauus pastor et confessor *Zeno martyr inclitus.*

16. *qui Verona predicando*   *reduxit ad baptismo,*
  a malo spiritui sanauit   *Galieni filiam,*
  boues cum homine mergentem *reduxit ab pelago.*

17. *et quidem multos liberauit*   *ab hoste pestifero,*
  mortuum resuscitauit   *erepto ex fluuio,*
  idola multa destruxit   *per crebra ieiunia.*

18. *non queo multa narrare*   *huius sancti opera,*
  quae, ab Syriam ueniendo   *usque in Italia,*
  per ipsum omnipotens deus *ostendit mirabilia.*

19. *o felice te, Verona*   *ditata et inclita,*
  quantis es circumuallata,   *custodes sanctissimi*
  qui te defendent et expugna⟨nt⟩ *ab hoste iniquissimo.*

20. *ab oriente habes primum*   *martyrem ⟨nam⟩ Stephanum*
  Florentium, Vindemialem . *et Mauro episcopo,*
  Mamma, Andronico et Probo *cumquadraginta martyribus :*

15, 2 *Gricinus*] die in der veroneser tradition gebräuchliche form ist *Cricinus*
 vgl. Biancolini dei vescovi usw. s. 159; doch scheint auch auf der ge-
 nannten endothis *Gricinus* gestanden zu haben vgl. ebda. tav. I.
16, 2 *spiritu* hat Mabillon verbessert, aber da *spiritus* in der rhythmischen
 poesie sehr oft zweisilbig ist, mag auch hier die falsche endung ursprünglich sein 3 *mergente* (so) L; * *ad* L; vgl. des Coronatus uita
 Zenon. (zuletzt Zenon. serm. ed. Baller. s. CXLVII ff.), Coronatus ist
 aber nicht quelle wie noch graf Giuliari (Zenon. serm. s. XXIII) meint:
 der rhythmus erzählt anders und anderes ; aber auch er fand in seiner
 quelle den Gallienus als kaiser wie aus *pelago* hervorgeht, während
 seinerseits Coronatus dieses wunder nach Verona verlegt.
18, 2 * *ad* L.
19, 2 * *qualis* L 3 * *defendet* L; Ld: *expugna* L.
20, 1 Ld: *habet* L; * ⟨*nam*⟩, vor *martyrem* setzt es Muratori ein 3 der vers
 wird erklärlich, wenn man für *quadraginta* als aussprache *quaranta* annimmt vgl. Wölfflins arch. V s. 106 und 126.

21. *deinde Petro et Paulo*
precursorem et baptistam
Nazarium una cum Celso,

Iacobo apostolo,
Iohannem et martyrem
Victore, Ambrosio;

22. *inclitos martyr⟨es⟩ Christi*
Faustino atque Iouitta,
domini mater Maria,

Geruasio et Protasio
Euplo, Calocero,
Vitale, Agricola;

23. *in partibus meridiane*
qui olim in te susceperunt
quorum corpora ablata

⟨urbis⟩ Firmo et Rustico,
coronas martyrii,
sunt in maris insulis.

24. *quando complacuit deo*
in te sunt facta renouata
temporibus principum regum

regi inuisibili,
per Annone presule
Desiderii et Adelchis.

25. *qui diu morauerunt sancti*

non reuersi sunt

. . . .
. . . .

22, 1 Mabillon: *inclitus martyr* L. 2 * *eupo* am zeilenschluss Lb *eupolus* Ld
(er verbessert sonst die ablativ. formen in nominative, scheint aber hier
gleich den nomin. geschrieben zu haben) *eupolum* Lm (der aber überall
den accusativ hergestellt hat); nicht *Euplus* wie in den Pk. mit den
italienern gegeben wird — nur Dionisi liest so viel ich sehe *Euplus* —
sondern *Euplus* ist name eines heiligen, er wurde hier dreisilbig ausgesprochen vgl. oben über *seu* usw.

23, 1 * ⟨*urbis*⟩.

24, 1 Mabillon: *domino* L.

25 wie oben aber ohne lücke L; dem sinn wird entsprechen, was Vallarsi
in den sacre antiche iscrizioni seguate a cesello sopra la cassa di piombo
continente i sacri corpi de' ss. martiri Fermo e Rustico Verona 1759
s. XLVIII vorschlug:

   qui diu morauerunt sancti, non reuersi sunt prius,
   quam eos redemit Hanno cum sociis quattuor,
   Primo et Apollinare et Marco et Lazaro;

aber die form genügt nicht. 25, 1 lautete vielleicht:

   qui diu morauerunt sancti ⟨ante⟩ non reuersi sunt

und dann 25, 2 mit *quam* beginnend, von dem L auf *quorum* absprang.

26. *quorum corpora in simul* *condidit episcopus*
    aromata et galbanen, *stacten spar⟨gens⟩ olido,*
    myrrae et gutta et cassia *et tus lucidissimus.*

27. *tumuli aureum coperclum* *circumdat preconibus:*
    color seri⟨ci distinc⟩tus *mulcet sensus hominum*
    modo albus, modo niger, *inter duos purpureus.*

28. *haec, ut ualuit, parauit* *Anno praesul inclitus,*
    s⟨em⟩per [huius] cuius fama claret *de bonis operibus*
    ab Austriae finibus terrae *usque Neustriae terminos.*

29. *ab occidente custodit* *Systus et Laurentius,*
    Ypolitus, Apollenaris, *duodecim apostoli,*
    domini magnus confessor *Martinus sanctissimus.*

30. *iam laudanda non est tibi* *urbis in Auxonia:*
    splendens, pollens et redolens *a sanctorum corpora,*
    opulenta inter centum *sola in Italia.*

31. *nam te conlaudat Aquilegia,* *te conlaudant Mantua,*
    Brixia, Papia, Roma; *simul Ravenna⟨tium⟩*
    per te portus est undique *in fines Ligoriae.*

26, 2 * *et argoido* L 3 * *myrra* L; Mabillon: *cetus* L; man hat übersehen
oder vielleicht nur nicht ausgesprochen, dass eine nachbildung von exod.
30, 28 ff. und 34 vorliegt. gemeint ist wahrscheinlich *stacten olidam et
myrrae guttam et cassiam.*

27, 1 * *tumulum* L; * *coopertum* L; *preconibus*] was gemeint sein kann, sagt am
besten Biancolini dei vescovi e governatori di Verona, Verona 1757
s. I ff.: *praecones* konnte man ja bilder die ihre bedeutung durch
ihre unterschrift erklärten wol nennen 2 * *seritus* L; Maffei: *mulget* L.

28, 2 * *per huius cinus* L; Maffei: *fama* L 3 Maffei: *austro* L; Maffei: *nostri
terminos* L.

29, 1 und 2 habe ich *Systus* und *Apollenaris* als auch anderwärts vorzüglich
beglaubigte formen mit L bewahrt.

30, 1 *Auxonia* statt *Ausonia* steht manchmal in hss.

31, 1 Maffei: *conlaudant* L 2 * *Ravenna* L.

82. *magnus habitat in te rex*   *Pipinus piissimus,*
    non oblitus pietatem   *aut rectum iudicium*
    qui bonis aegenis semper   *cunctis facit prospera.*

---

33. *'gloria' canemus deo*   *regi inuisibili,*
    qui talibus te adornauit   *floribus ⟨de⟩ mysticis,*
    in quantis ⟨es⟩ et resplendens   *sicut sol irradians.*

82, 1 richtiger wäre *Pipinus in te rex*   8 ° *agens* LmLd *age* l.b; ° *bonus?*
83, 1 Maffei: *domino* L   2 ° ⟨*de*⟩   8 ° ⟨*es*⟩.

ANHANG ZU DEN RHYTHMEN AUF MAILAND UND VERONA.

I.

Die unter den briefen des Bonifatius und Lul überlieferten rhythmen.

Die unter die briefe des Bonifatius und Lul geratenen rhythmen angelsächsischen ursprungs (Mon. mog. ed. Iaffé s. 9 und 38 ff., vgl. Diekamp Na. IX 14 f.) von gleichem bau wie der oben erwähnte des Bonifatius verdienten eine eingehendere behandlung als ihnen zuletzt Manitius Aldhelm und Baeda s. 10 auf grund der ausgabe von Giles hat angedeihen lassen, die in der tat eine untersuchung unmöglich macht. [II Hahns Bonifaz und Lul, der wenigstens die literatur übersieht, wird mir erst nach abschluss meiner arbeit zugänglich, kann aber nicht beanspruchen, dass ich sie umgestalte.] nach meiner meinung ist I (bei Jaffé) von einem unbekannten an Aldhelm gerichtet; was aus v. 1 hervorgeht. Jaffé schreibt ihn zum teil nach vorschlag M Haupts:

rector casae catholicae atque ospes athletice,

die überlieferung aber ist:

lector casses c. a. obses anthletice

und hierin ist nur mit Iaffé *athletice* zu bessern und *catholice* als vocativ zu fassen; *casses* ist der helm, so wird Aldhelm IV 8 mit *cassem priscum* IV 26 mit *cassis prisci* bezeichnet; aus welchen

stellen sich auch ergibt dass das masculin ohne anstoss ist und
der nominativ auf *es* wegen der gleichsilbigkeit im genetiv auf
einer meinung beruhen kann. dass mit *cassis* auch hier eine anspielung auf den namen Aldhelms, verbunden mit der auf bekannte
biblische worte von der galea salutis, beabsichtigt ist, unterliegt
um so weniger einem zweifel als wir aus der zweiten recension
der gesta pontific. des Wilhelm von Malmesbury V ed. Hamilton
s. 332 wissen dass Aldhelm selbst diese ausdeutung seines namens
liebte: *in epistola ad Withfridum aperte se priscam protectionis
galeam dicit.* damit fällt auch der grund für Haupts änderung
rector fort: Aldhelm war damals noch nicht abt, sondern priester
und als solcher *lector* in Malmesbury und der dichter mag ebenda
seine stelle als *hymnista* (v. 3 etwa gleich *psalmista* Isidor de off.
eccl. II 12) versehen haben. II ist nach meiner [und Hahns]
ansicht das von Jaffé für verloren gehaltene gedicht des Ædelwald *de transmarini itineris peregratione* (vgl. Mon. mog. s. 37):
und der Wynfried an den es dann gerichtet wäre, ein schützling
des Aldhelm und Ædelwald (ebda.), der vor 675 eine romfahrt[1])
macht, hätte mit dem friesenapostel nichts zu thun. auch sonst
ist nicht das geringste überliefert was auf einen zusammenhang
Aldhelms und Bonifatius bezogen werden könnte, und nicht zu
kühn scheint mir die vermutung dass *Wynfried*, das dem schreiber
der wiener hs. so nahe lag, verlesen wurde aus *Wihtfried* dem
namen eines schülers des Aldhelm: an ihn von Aldhelm gerichtet
ist das oben erwähnte fragment und der von Wilhelm ebda.
s. 358 (danach schlecht bei Giles s. 337) überlieferte brief.
Wilhelm von Malmesbury schöpft seine nachrichten über Aldhelm
hauptsächlich aus dem ihm vorliegenden briefwechsel Aldhelms
und hätte kaum versäumt hieraus auch über Bonifatius mitzu-
teilen, wenn sich etwas vorgefunden hätte.[2]) über III lässt sich

---

1) von den drei reisenden sind zwei leibliche brüder: ob einer davon der,
dem das gedicht gilt, ist nicht zu ersehen.

2) allerdings klagt er s. 344: *composuit et epistolas multas quarum plures
non extant, partem quorundam antecessorum nostrorum detruncauit incuria.* von
den unter die Bonifatius- und Lulbriefe gerathenen las er wenigstens einen,
vgl. Jaffé s. 32 wo aber nach der neuen ausgabe Wilhelms manches zu verbessern ist; vor allem ist s. 33 7 *trutinentur* statt *terminentur* auch im text zu
schreiben.

132

nichts ausmachen. IV ist von Æðelwald an Aldhelm, V die antwort Aldhelms[1]) darauf in gleich viel versen. Jaffé hat diesen
Æðelwald für den späteren[2]) könig gehalten, der von 716—757[3])
regierte. es ist immerhin möglich, obgleich der name nicht selten
ist. rhythmus V ist gewiss an einen laien gerichtet. ob dieser
nun der spätere könig oder ein hoher weltlicher herr dieses
namens war: rhythmus I, der jedesfalls einen geistlichen zum
verfasser hat, kann von demselben Æðelwald nicht sein. dagegen
sehr wohl II. dessen verfasser interessiert sich mehr für die
seidenraupen die Wynfried mitgebracht hat, als für die heiligen
schriften die unterwegs erworben wurden; und die ganze romfahrt wird von ihm mehr scherzhaft aufgefasst[4]).

1) über rhythmen des Aldhelm vgl. Manitius aao. und Mon. mog. ep. 76
s. 215.

2) darnach ist Dümmler Pk. I s. 1 anm. 4 zu berichtigen. die vermutung
Jaffés gewinnt noch an wahrscheinlichkeit, wenn man den brief Aldhelms an
Adilwald (doch wol diesen Æðelwald) bei Wilhelm s. 339 (= Giles s. 332) hin-
zunimmt. sonst erinnert .Edelwald etwas an einen anderen von Wilhelm erwähnten prinzen s. 336: *pretereo Scottos tunc maxime doctos qui idem fecisse
noscuntur. quorum aliquos non obscurae litteraturae nominare possem, maxime
Artwilum regis Scottiae filium. hic quicquid litterariae artis elaborabat, quod
non adeo exile erat, Aldhelmi committebat arbitrio ut perfecti ingenii lima era-
deretur scabredo Scottica.* aber eine verwechslung kann nicht vorliegen.

3) vgl. Theopold kritische untersuchungen über die quellen der angels.
gesch. s. 15 u. 21.

4) der brief [des Lul nach Hahn] der den rhythmen in der hs. vorangeht
(Iaffé s. 242 ff.) hat mit ihnen nichts zu thun. von den in ihm mit geheim-
schrift geschriebenen namen scheint Ewald Na. VII 196 wenigstens den ersten
richtig als *Susanna* gedeutet zu haben. vgl. dagegen Diekamp Na. IX 17.
zur deutung des zweiten namens will ich nur bemerken, dass zwei der vor-
handenen elemente überflüssig sind. der erste vers von 36 buchstaben lief
als akrostichon an einem gedicht herunter, das zu vier versen geordnet war,
also wol an einem rhythmus. der zweite vers ist das telestichon dazu und
muss gleich viel buchstaben haben. die zahl 36 ist gesichert als durch 4
teilbar. — das runenalphabet war Jaffé nicht entgangen. den *versus recur-
rens* stelle ich doch wol richtig her:

metro hoc Angis⟨is⟩, sitis ⟨si⟩, signa cohortem,

der metrische fehler wird keinen anstoss geben, ebensowenig *Anchises* nach
der dritten.

Für falsche änderungen in diesen gedichten halte ich zb. s. 38 8 *camera* statt des hsl. *camara* [1]), 40 74 *propellente* statt hsl. *populante*, 82 *uident* statt hsl. *uidens*, 41 87 *uelluntur* statt hsl. *pelluntur*, 42 *pera uias* (metrisch unmöglich) statt hsl. *per auias* (sc. *uias*), 43 42 *reginae* . . . *Mariae* statt hsl. *regiae* . . . *munitae* (gehört zu *clauiger*; in v. 41 ist die interpunktion zu tilgen), 49 *flosculi* . . . *perflorei* statt hsl. *floscula* . . . *perflorea*, 44 3 *cacumine* statt *acumine*, 45 IV 14 *torret trementibus* statt hsl. *tremet torrentibus* vgl. s. 39 38; ferner 46 23 *gliscant* statt hsl. *glescant*, 37 *refragaturque* statt hsl. *refragat atque*, 47 19 *rutilis* statt hsl. *rutulis*. [zu falschen änderungen zähle ich natürlich auch die von H Hahn in seinem Bonifaz und Lul an zwei stellen, an beiden mit verweisung auf *Bähr 70* vorgetragene, dass der 43 56 *erwähnte* '*aius Alitus*' '*Alcimus Avitus*' sei. muss man aussprechen, dass *aius alitus* der heilige geist ist und *Alcimus Auitus* nichts als ein metrischer fehler?] hier und an anderen stellen bietet die hs. das richtige. gegen sie erlaube ich mir folgende vorschläge.

39 52 *furuit* statt *ruit*; 42 13 *fides* (*fidei* hs.) *nec non trilicibus girat* (*girant* hs.) *thoracis humeros* [2]) (*thoracis* von *thoraca* wie wol auch 45 15 *thoracas*); *girare aliquid aliqua re* vgl. poetae Karol III, 1 s. 82 anm. die darauf folgenden verse sind gleichfalls von Jaffé zu gewaltsam unter das joch einer dazu unverständlichen correctur gebeugt worden. ich lese 14 ff.:

---

1) auch in den briefen hat Jaffé öfter richtige schreibungen durch die conventionellen verdrängt. ich führe nur ein beispiel an das allgemeineres interesse hat: gleich im ersten brief s. 25 überliefert die wiener hs. *uni animes* wofür Jaffé *unanimes* einsetzt. aber *unianimus* und *unianimis* sind nicht nur gebräuchlich, sondern, wenn auch vielleicht nicht ursprüngliche (vgl. Lachmann zu Lucret. IV 262), doch richtige und später allgemein gewordene schreibungen: wie Plaut. Stich. 729 die überlieferung dafür ist, bei Catull und Vergil derartige formen den corruptelen zu grunde liegen, so sind sie, um nur ein beispiel aus dem gebrauch der späteren anzuführen, auch bei Ermold. Nigell. wieder herzustellen.

2) Jaffé verbessert: *fidei nec non trilices girant humeris thoraces*.

sic truduntur tyrannidis tela ⟨la⟩baro tyronis[1]),
quibus horrende inruit, imber ueluti ingruit.
bellicosus in agone Christi, aduerso agmine
consternatus quo quiritat[2]) fur uix[3]) erectus, indicat:
"Christi crucis per culmina feiimus frontis uexilla,
quae[4]) fugax Orcus horridus[5]) timet telorum imbribus".

ferner 46 26 *candunt* (gebräuchliche form für *candent*) statt *pan-*
dunt, V 1 *philochriste* statt *phile christe*, 3 *haue haue* statt *haue*
houa vgi. v. 1 *uale uale*, 47 *sophiae stemma* statt *sophu et omne*
(Haupt *sophiae lumen*).

II.
Zum zweiten rhythmus auf Aquilegia.

Ich habe den schluss dieses rhythmus (Meyer I 13 Pk II 150)
früher durch eine falsche conjectur noch mehr verdorben. nur
deshalb gehe ich auf ihn hier nochmals ein, denn zu verbesserungen fordern alle rhythmen gleichmässig heraus. strophe 24
und 25 (Pk s. 153) sind so zu lesen:

24. *zelo dei Ludowicus cum patre Lothario*
Aquileg'i⟩am, quando fal⟩a non ualet praestigia,
ut iustum ⟨tum⟩ superaret, ueniant, iudicium.

25. *gloriosa deitatis unitatis trinitas,*
fac deuincere fallaces [Aquilegiensis], exalta por principum
in eternum et in cuncta seculorum secula.

----

1) *te labiosa* hs.
2) *quod ueritat* hs.
3) *furuex* hs.; gemeint ist der teufel.
4) Jaffé: *quas* hs.
5) *horridis* hs.

24 2 *aquilegum uocando* hs. 3 *tum* lässt die hs. aus.

25 2 *Aquilegienses* ist glosse zu *fallaces*; statt *exalta par* hat die hs. *exaltetur.* der text der monumente hauptsächlich nach Duméril ist:

24 *z. d. L. c. p. L.*
Aquilegium uocando non uolet praestigia
falsa ueniant, ut iustum superent iudicium.

25 *g. d. u. t.*
fac deuincere fallaces Aquilegienses nos,
principes ut exaltentur saeculorum in saecula.

IV.

RHYTHMISCHE FÜNFSILBER MIT TROCHÄISCHEM SCHLUSSE.

Die rhythmischen fünfsilber mit trochäischem schlusse hat W Meyer 1882 in seinem grund legenden buch (s. 98 unter X, vgl. s. 72) erklärt und gesammelt [1]). seitdem ist das material nicht unerheblich gewachsen.

Jetzt erst, nachdem wir durch Hümers ausgabe die überlieferung genauer kennen, wissen wir dass der grammatiker Virgilius Maro, der — wie Meyer sah — sie mehrfach verwendet, sie auch theoretisch behandelt hat als *uersus perextensi* [2]). *ornato quidem* sagt er von ihnen s. 14 ıₛ *sed inrationabili circuitu pene per usque ad XII metra perueniunt secundum Lupi Cristiani ita affantis:*

> *ueritas uera*
> *aequitas aequa*
> *largitas lauta*
> *fiditas fida*
> *diurnos dies*
> *tranquilla tenent*
> *tempora* [3]).

1) vgl. Peiper in Boeth. de cons. s. 220 wo von späteren ausser einigen karolingern etwa noch Saxo Grammaticus zu den quantitierenden hinzugefügt werden kann.

2) diese mussten früher unerklärt bleiben vgl. W Meyer s. 78.

3) so sind gegen Huemer (Sitzungsber. der wien. ak. XCIX bd. II s. 558) die letzten verse einzuteilen.

nam hic versus — et hoc plus solito — necessaria ut credo uerbi adiectione XIII metra tenet, cuius pedes sunt XXXIII. es liegt eine strophe zu 6 zeilen vor, die pause ist nach $-\smile\smile$ oder $\smile-\smile$ durchaus durchgeführt, der teil vor ihr dient zur begrenzung der strophe.

Als beispiel eines rhythmus, wo sie κατὰ στίχον durchgeführt wären und nicht nur gelegentlich anderen zeilen beigemischt erschienen, konnte W Meyer erst einen des 10. jhd. ungefähr anführen [1]).

Durch die vollständige herausgabe des im jahre 843 vollendeten fürstenspiegels der Dhuoda durch E Bondurand (Paris 1887 bei A Picard) lernen wir von dieser gattung die vielleicht frühesten rhythmen kennen, soweit sie vollständig erhalten sind. da Dhuoda silbenzusatz zugelassen hat, so dass wir 1. $\smile-\smile-\smile$ oder $-\smile\smile-\smile$ und 2. $-\smile-\smile-\smile$ oder $\smile-\smile\smile-\smile$ zu unterscheiden haben, ferner der schluss nicht selten unrein gebildet ist und eine reihe siebensilber untergelaufen sind, die nur zum teil die schlechte üerlieferung verschuldet, hat sich die erklärung dieser verse *die sich jeder metrik zu entziehen schienen* bis jetzt verzögert. der silbenzuschlag aber, der überhaupt von jeder volksdichtung fast unzertrennlich und hier ausserdem durch einwirkung der sapphischen zeile besonders erklärlich ist, findet sich noch wo eigennamen in betracht kommen in dem von W Meyer als X 2 angeführten rhythmus in strophe 1 und 5, und fand sich zusammen mit unreinem schlusse in den vorbildern der Dhuoda.

Als solche betrachte ich die gelegentlich von dieser originellen frau angeführten verse, die vielleicht einer grösseren dichtung moralischen inhalts eines dichters angehören. cap. XXVIIII (s. 146) citirt sie *et ita quidam affatus in carmine ait suo:*

---

1) cambridger lieder von Ph Jaffé I. strophe 5 muss gelesen werden:

> *Iohannes baptista*
> *erat pincerna*
> *et ⟨huc⟩ praeclari*
> *pocula uini*
> *porrexit cunctis*
> *uocatis sanctis.*

I.

stultus . . . . . .

⟨ius⟩ta runcore [1])
loqui non ualet,
uocem in strepitu
5 *penitus* [2]) *tacere*
unquam nec potest:
prestus ad iram
tardus ad pacem
flectit in peius.

und ebenda (s. 147) *de qua pace ait quidam in carmine suo:*

II.

pax comprimit iram,
lis [3]) *metuit pacem.*
pax ⟨semper⟩ [4]) *secura*
per ampla quiescit,
5 *consors amica*
ad alta transcurrit.

und c. XXX (s. 161) *ait quidam in carmine:*

III.

. . . *mitis* [5]) *corpus*
conteret suum
manus illustris
animi [6]) *fultor,*
5 *ce⟨u sa⟩ndix* [7]) *glutino*
leuigatur [8]) *aulae.*

wol zu einem andern rhythmus, aber derselben gattung, gehören
die folgenden verse, die ich aus cap. XXI (s. 114 f.) zurecht

1) * *stultus carens cor.*
2) *in strepiturum penitus* P(ariser) *in strepitu rumpens* N(imeser hs.).
3) * *litis.*
4) habe ich eingeschoben.
5) ohne lücke hss.
6) * *animis.*
7) * *condix.*
8) * *agitatur;* ich beziehe die worte auf den firnis der töpferware, mit
mitis ist die liebenswürdigkeit der erscheinung gemeint.

mache. Dhuoda sagt: *tamen omnium hic [uel his] pertinentium formis hominem praeesse secundum quendam poetam dictum est: ⟨eum⟩ eligere* (dh. *deus) dignatus est ad summa. ait etenim (etiam* P) *in suis carminibus ita:*

IV.

⟨*hominem*⟩[1]) *uirgo*
creauit arua,
uirginem uirgo,
ex uirgine factus
5 ⟨*post deus*⟩[2]) *homo.*
heu pro dolor:
corruptus uirgo,
10 ⟨*p*⟩*omumque serpentis*
uterque c⟨*om*⟩*edens*[3]).

item eiusdem:

V.

relinque⟨*t*⟩[4]) *ob rem*
patrem matremque
et adhaerebit
sibi uxorem:
5 *eruntque una*
in carne duo
cuncta domantes
sibi subiecta,
s'p⟩*atio p*⟨*ost*⟩ *ax*⟨*em*⟩[5])
10 *scandentes almi.*

item ipse:

---

1) lässt P, der allein hierfür vorhanden, aus; die jungfrau erde (über *arua -ae* s. u. bei Agobard) bildete den ersten menschen, insofern gott ihn aus einem kloss der unbebauten erde schuf.

2) lässt P aus; zum folgenden vergleiche Sedul. c. p. II 6 ff.

3) * *omniumque reptis utrisque cedens*, aber *comedens*, das unreinen schluss gibt, wird glosse für *commandens* sein.

4) Bondurand: *relinque*.

5) * *ratio capax*.

VI.

ipse homini [1])
qui cuncta dedit,
quae polus humusque
aut pelagus er⟨o⟩
5 *se* [2]) *gurgite rure*
⟨aethere⟩ [3]) *creant:* [4])
quae uisu cernens
manuque palpans,
. *haec illis subdens*
10 *et eos sibi.*

est sensus, [5]) *fili J.* usw.

Durch diese verse und die merkwürdige erscheinung der Dhuoda selbst beginnen für mich die spukgestalten Virgils leben[6]) zu gewinnen.

---

1) da in diesen reihen (IV V VI) unreiner schluss wahrscheinlich nicht zugelassen ist, wird man *homoni* vorziehen. diese form war den karolingern geläufig. zb. Hincmar und dem (noch nicht herausgegebenen) Mico aus s Riquier; vgl. auch Bergk op. I 150 f.

2) * *ero e: aere.*

3) lässt P aus.

4). * *creans.*

5) so leitet Dhuoda ihre erklärungen ein vgl. s. 114 128 200.

6) auch Dhuoda hat wie Virgil verschmäht aus der klassischen literatur zu schöpfen. von versen führt sie, ausser den oben erwähnten, nur von Bondurand richtig als des Prudentius erkannte an. auf Plinius hist. nat. hat er aber mit unrecht s. 112 zurückgeführt: diese stelle über die hirsche und s. 128 über die tauben hat physiologischen charakter; *erodios* an letzterer steht natürlich nicht für *erodentes* sondern ist *ἐρωδιούς*, bekannt aus der vulgata als *herodios.* — auf unsre Dhuodane beziehe ich *Riheerii et Ratelmi monachorum adnotatio de psalteriis decantatis pro Hodane comitissa*, die sich nach den cod. palat. lat. rec. Stewenson I s. 2 im cod. palat. 14 s. IX findet. — Dhuoda schrieb in Uzès; Virgil soll Toulouser sein. jedesfalls gehört er nach südfrankreich und in die zeit, deren vorwehen wir aus Jacob Bernays Sulpicius Severus kennen. die worte, die Ademar von Chabannes (vgl. Ss. IV 109) dem lombarden Benedictus in den mund legt: *in Aquitania nulla sapientia est, omnes sunt rustici; et si aliquis de Aquitanis parum didicerit grammaticam, mox putat se esse Virgilium* beziehe ich wol mit recht auf den grammatiker und nicht auf den dichter, was Specht Gesch. d. unterrichtsw. i. Deutschl. s. 97 will. man war sich damals (Ademar † nach 1028) noch über die heimat Virgils klar.

Dhuodas rhythmen dieser art [1]) sind die 3 folgenden:

I.

‹DHVODA DILECTO FILIO VVILHELMO SALVTEM·LEGE›

1. *Deus summe, lucis*
   conditor poli
   syderumque ductor,
   rex aeterne agius:

2. *Hoc a me ceptum*
   tu perfice clemens;
   quamquam ignara,
   a te perquiro sensum:

3. *Vt tua capax*
   placita perquiram,
   praesens et futurum
   tempus curram aptum.

4. *Omnia per cuncta*
   trinus et unus
   tuis per saecla
   prospera largiris.

5. *Digna dignis semper*
   meritis ad singula
   tribuis celsa
   tibi famulantes.

6. *Ad te, ut ualeo,*
   poplite flexu
   gratias refero
   conditori largas.

7. *De tua mihi*
   obsecro largiri
   ope ad dextram
   subleuans axem.

8. *Illic namque credo*
   tuis sine fine
   manere posse
   quiesci in regno.

I steht nur in P: eine von E Marcks in Magdeburg für E Dümmler angefertigte abschrift bestätigt die güte der bondurandschen. das akrostichon hat L Delisle erkannt.

2, 4 * *ad.*

4, 8 * *saecula.*

5, 8 * *celsam* (das himmelreich).

7, 8 * *opem*; Dhuoda war sich über die bedeutung von *subleuare* offenbar nicht ganz klar: unten 23, 4 sagt sie *subleuare opem alicui* und vgl. II 9, 2; aber zu unserer stelle ist zu vgl. s. 248 wo gelesen werden muss: *ad dextram merear subleuari axem.*

8, 4 derartige passive infinitive sind für Dh. charakteristisch.

1) mit dem schlecht überlieferten cap. LXVIII s. 225 weiss ich vorläufig nichts anzufangen.

9. *Licet sim indigna,*
fragilis et exul,
limo reuoluta
trahens ad yma:

10. *Est tamen mihi*
consors ac amica,
fideque de cuius
relaxa discrimina.

11. *Centrum qui poli*
contines giro,
pontum et arua
concludis palmo,

12. *Tibi commendo*
filium Vuillelmum:
prosperum largiri
iubeas in cunctis.

13. *Oris atque semper*
⟨suc⟩curras momentis:
te super omnem
diligat factorem.

14. *Filiis cum tuis*
mereatur felix
concito gradu
scandere culmen.

15. *In te suus semper*
uigilet sensus,
pandens per saecla
uiuat feliciter.

16. *Lesus nunquam ille*
incidat in iram
neque separatus
oberret a tuis.

17. *Iubilet iocundus*
cursu felici,
pergat cum uirtute
fulgens ad supra.

18. *Omnia semper*
a te apta petat:
qui das sine fastu,
dona illi sensum,

19. *Vt te intelligat*
credere, amare,
laudare gratis
duplicatis. amen.

20. *Veniat in eum*
larga tua gratia,
pax et securitas
corporis et mentis,

10, 2 vgl. oben s. 138 fragment II 5; 3 * *fidaque* 4 * *relaxant.*
11, 2 * *continens girum.*
13, 1 Bondurand: *horis* 2 * *currat;* das gewöhnliche ist *omnibus horis et*
momentis, aber ebenso hat Dh. s. 78 gesagt: *tibi deus succurrat semper*
diebus et noctibus, horis atque momentis.
14, 2 * *felici.*
15, 3 * *saecula.*
19, 4 Bondurand: *agmen.*

21. *In quam in seclo*
uigeat cum prole:
ita tenens ista
careat ne illa.

22. *Legensque reuoluat*
uolumen' ad tempus,
dicta sanctorum
obtemperet sensu.

23. *Habeat acceptum*
a te intellectum,
quid quando cui
subleuet opem.

24. *Et tibi iugiter*
quaternas percurrat
virtutes iustorum,
teneat capax.

25. *Largus atque prudens*
pius et fortis
temperantiam neue
deserat unquam.

26. *Mis mis similem* .
non habebit unquam
quanquam indigna
genitrixque sua.

27. *Omnibus semper*
momentis et horis
rogans te obnixe:
miserere illi.

28. *Sunt mihi multae*
anxiarum turmae,
flagitans per illum
fragili labore.

29. *Ad te largitorem*
omnium bonorum
eum in cunctis
commendo gratanter.

30. *Licet sim dissors*
regni et patriae,
tu tamen manes
solus immutabilis.

21, 1 * *seculo* 3 *ita* gibt Marcks als lesart von P an, wodurch die stelle klar
wird: *wenn Wilhelm alles das einhält soll er nachkommen haben.*

24, 3 * *multorum.*

25, 3 * *nec ne.*

26, 1 * *Mismi;* Dhuoda kannte diese form aus Donat, den sie in sonderbarer
gestalt und sonderbarerem zusammenhang c. XXI (s. 112) anführt: *scrip-*
tum est in arte Donati poetae (dies vielleicht durch Virgil grammat.
vermittelt): . . . *ego, mei uel mis, mihi, me* (*uel P*) *a me* (Donat. ed. K.
s. 357 ff.), vgl. Gröber Wölfflins arch. III 530 und Virg. ed. H. 47 7;
auch c. I s. 59 ist *in* terr⟨en⟩*is* m[e]*is similibus* und XII s. 83 t[u]*is*
similibus herzustellen.

30, 1 * *sit discors.*

10*

144

31. *Vtrum digne apta*
    placita perquirant,
    in tuo nutu
    continentur cuncta.

32. *Tuum est regnum*
    tuaque potestas:
    plenitudo terrae
    diffusa per orbem.

33. *Et tibi soli*
    famulantur cuncta,
    qui regnas semper:
    miserere prolis.

34. *Mis duo nati*
    ostensi in seclo
    uiuant obsecro
    teque semper diligant.

35. *Lector qui cupis*
    formulam hanc nosse:
    capita perquiras
    apta uersorum.

36. *Exin ualebis*
    concito' gradu
    sensu cognosci
    que sim conscripta.

37. *Genitrix duorum*
    masculini sexus
    rogo ut ores
    conditori almo:

38. *Erigat ad summum*
    genitorem prolis
    meque cum illis
    iungat in regnum.

39. *a littera delta*
    incipe legendo,
    moida hac tenus
    conclusa sunt⟨o⟩.

34, 2 * seculo.
39, 3 *moida* für μῦ sagt sie auch s. 218, vgl. Bondurand s. 88; *hac* für *ac*
    4 * sunt.

II.

⟨VERSI AD VVILHELMVM⟩

1. *Vt ualeas uigeas,*
   optime prolis,
   dicta conscripta [amen]
   tibi directa
   5 *legere ne pigeat:*
   inuenias facile
   placida tibi.

4. *Sis namque tu humilis*
   mente et castus,
   corpore pronus
   in seruitiis abtis,
   5 *magnis et minimis*
   omnibus ut uales
   placere frequens.

2. *Est uiuus sermo dei:*
   illum perquire;
   diligentius sacram
   disce doctrinam:
   5 *mens etenim tua*
   repletur gaudiis
   magnis per saecla.

5. *In primis dominum deum*
   ex toto corde
   et mente totis
   uiribus pansis
   5 *time et dilige,*
   genitorem tuum
   inde per cuncta.

3. *Rex immensus et fortis*
   clarus et pius
   dignetur per cuncta
   tuam nutriri mentem,
   5 *iuuenilis puer:*
   protegat defendat
   omnibus horis.

6. *Almificum genitum*
   prole exortum
   genus adcrescens
   parentum prosapie
   5 *refulgens ex magnis,*
   illi adsidue
   serui ne pigeat.

II erhalten in N und P, von dem ich nicht alle abweichungen anführe; ich bin auf Bondurand angewiesen; auf grund von N erkannte er das akrostichon.

1, 3 *dicta* lässt N aus: * *a me* 7 Bondurand: *tuis.*
2, 7 * *saecula.*
4, 7 * *plectere.*
5, 5 Bondurand: *dirige.*
6, 4 Bondurand: *prosapiem.*

7. *Dilige obtimates,*
   magnos in aulam
   conspice primus,
   coequa [te] humilibus,
   s *iunge beniuolis*
   superbis [et] improbis
   caue ne flectas.

8. *Viros sacrorum gnaros*
   ministros praesules
   dignus honora,
   semper altarium
   s *custodibus tensas*
   manus ubique
   simplex comenda.

9. *Viduis et pupillis*
   subleua frequens
   et peregrinis
   4 *uictum potumque,*
   4a *[largire para]*
   s *propitia nudis:*
   namque uestitum
   porrige manum.

10. *Iustus in causas index*
    ualens adesto,
    munus a manu
    non accipias unquam
    s *nec opprimas quemquam:*
    retribuet enim
    tibi largitor.

11. *Largus in donis semper*
    uigil et prudens,
    omnium onus
    amabili nisu
    s *adimere gaudens:*
    sacias et enim
    haec manebit tibi.

12. *Huc et illuc compensor*
    unus est dator
    meritis reddens
    singulorum prae factis,
    s *uerbis et operi*
    tribuens obtima:
    caelorum sidus.

7, 1 Bondurand: *dirige* 3 * *primos* 4 * [*te*] macht den vers unmöglich, wie
so oft lässt es Dhuoda ergänzen 6 * [*et*].

8, 1 * *Veros sacrorum digni iuris* 2 Bondurand: *praesuli,* oder * *quaeso?*
3 * *dignos.*

9, 4a habe ich getilgt, es ist glosso zu *propitia* vgl. oben 1 7, 1 5 * *hospitia,*
vielleicht durch die stelle s. 153 beeinflusst, vgl. ferner s. 161 164 175.

11, 3 * *onus:* concors 5 * *ad ima regaudens* N ad ima recondens P 6 * *facies*
vielleicht schrieb sie *sacies:* wenn du reichlich gibst, wird dir reichtum
bleiben 7 vielleicht *manet.*

12, 4 für *pro.*

13 *En ut curas habeas,*
nobilis nate,
solers perquire;
pige tenebrarum
₅ *praemia accipere*
et picei fomitis
despice piras.

14. *Licet iuuentus tua*
florida uiret
quadrans quaternis
computans in annis,
₅ *senior bis tueris*
membris grandescens
cursu peragrans.

15. *Multum a me uideris*
longior esse,
cernere nolens
tuae specie tenorem
₅ *si daretur uirtus,*
ast [amen] ad haec merita
non mea uigent.

16. *Vtinam illi uiuas*
qui te plasmauit
placida mente,
famulantium dignis
₅ *iungas consorciis,*
post expletos cursus
felix adsurgas.

17. *Mens namque mea certe*
uoluitur antris,
hoc tamen ortor
ut paginas stilo
₅ *supra exaratos*
assidue legas,
fixas ad mentem.

---

18. *finiunt uersiculi*
deo iuuante
annis praeteritis
octo bis deductis,
₅ *incohans december,*
Andree sancti festa,
aduentus uerbi.

18, 4. 5 * *pigeat ne tibi tanta* (o P) *rum praemia accipere,* Dhuoda pflegt *pigere*
persönlich zu gebrauchen.
14, 2 * *uirgis* 4 * *computaris* 5 * *senioribus teneris* 6 * *grandans.*
15, 1 * *uidetur* 4 * *speciei* 6 * *attamen.*
16, 6 * *expletis cursibus,* vgl. Dhuoda s. 71.
17, 4 Bondurand: *paginulas;* * *istius iam.*
18, 4 * *binis deductos.*

III.

⟨DHVODANE⟩
D · M

1. *De terra formatum*
   hoc in tumulo
   Duodane corpus
   iacet humatum.
   rex immense,
   suscipe illam.

2. *Haec namque fragile*
   tellus undique
   suum suscepit
   caenum ad ymma.
   rex, benignus
   illi ueniam da.

3. *Vlceris rigata*
   ⟨antra iam⟩ solum
   illi superrestat
   densa sepulchri.
   tu, rex, eius
   solue delicta.

4. *Omnis ⟨et⟩ aetas*
   et sexus uadensque,
   [et] reuertens hic rogo
   dicite ita:
   agyos [magne], eius
   dilue uincla.

5. *Diri uulneris*
   antro defixa
   septa fusco uitam
   finiuit carnosam.
   tu, rex, suis
   parce peccatis.

6. *Anguis ne ille*
   suam obscurus
   animam captet,
   [orantes] dicite ita:
   deus clemens,
   illi succurre.

III erhalten in N (ein facsimile des gedichtes in der ausgabe) und P;
Bondurand erkannte auf grund von N das akrostichon; die punkte in N (vgl.
facsimile) teilen die zeilen der ersten strophe richtig ab.
3, 2 * ⟨antra iam⟩, vgl. 5, 1 uulneris antro 3 superrestant zu schreiben ist
unnötig.

4, 1 * ⟨et⟩ 3 * [et] 5 * [magne].
5, 3 * fullis (so) N fluminis P.
6, 4 * [orantes].

7. *Ne hinc pertranseat*
  quis, usque dum legat:
  coniuro omnes
  ι *ut orent [ita] dicentes:*
  requiem illi
  tribue, alme.

8. *Et lucem perpetuam*
  ei cum sanctis
  iube benignus
  ι *in finem largiri.*
  [amen] recipias post
  funeris ipsam.

7, 4 * [*ita*].
8, 5 * [*amen*], wie es eindrang, kann man hier aus dem facsimile leicht ersehen; * *recipiat* 6 * *ipsa.*

Verschiedene gesetze walten in diesen 3 rhythmen. I besteht aus strophen zu 4 zeilen fünfsilber, silbenvorschlag ist in allen zeilen zugelassen, in der 4. zeile selten siebensilber; II besteht aus strophen zu 7 zeilen, von denen die erste gesetzmässig sechssilbig, die 2. (bis auf 8) und 3. (bis auf 2 3 18) und 7. gesetzmässig fünfsilbig sind; III besteht aus strophen zu 6 zeilen, die 5. welche den schluss einleitet muss viersilbig sein, in den andern ist silbenvorschlag beliebig. spuren von reim sind in allen, hiatus gestattet, von elision wird wie in allen echten rhythmen kein gebrauch gemacht, dagegen umfangreicher von synizese[1]): *tuam* II 3, 4 15, 4 (beruht auf gallischem *tus* für *tuus*) *perpetuam* III 8, 1; *pigeat* II 1, 5 II 6, 7 *pertranseat* III 7, 1; *coequa* II 7, 4 *Andree* II 18, 6 *requiem* III 7, 5 (so begegnet manchmal *quiescere* in rhythmen); consonantisch ist *i* in *gratia* I 20, 2 *temperantiam* I 25, 3, in *gaudiis* II 2, 6 II 4, 4 *consorciis* II 16, 5, in *inuenias* II 1, 6, *accipias* II 10, 4 *recipias* III 8, 5, in *altarium* II 8, 4 *famulantium* II 16, 4 *diligentius* II 2, 3, in *prosapie* II 6, 4, in *senior* II 14, 5, in *picii* II 13, 6. syncope nehme ich an in *sing(u)la* I 5, 2 II 12, 4 und *dom(i)num* II, 5, 1. wenn man dies beachtet, kommen in I auf 156 zeilen 8, in II auf 126 zeilen 20, in III auf 48 zeilen 4 nichttrochäische schlüsse.

Ich schliesse das zuerst von Dümmler Pk. II 118 als *carmen ad Agobardum archiepiscopum missum* herausgegebene gedicht an.

---

1) ohne deren annahme man in vielen rhythmen nicht auskommt.

es ist ein rhythmus, der äusserlich betrachtet aus strophen zu bestehen scheint welche den sapphischen nachgebildet sind. aber die zweite hälfte der drei ersten zeilen zeigt, dass wir ihn vielmehr mit den eben behandelten fünfsilbern in verbindung bringen müssen; denn sie lautet beständig ◡ – ◡ ◡ – ◡, nie [1]) wie zu erwarten stände – ◡ – ◡ – ◡. wir haben also hier vielmehr die wiederholung der ersten fünfsilbigen hälfte mit silbenvorschlag. dies würde bestätigt werden durch die beobachtung dass in 3, 3 und 8, 2 auch die erste hälfte silbenvorschlag zu haben scheint, doch wird hier vielmehr *labentia͡* und *spir(i)tus* (so öfter in rhythmen) zu sprechen sein; auch 9, 1 beweist nichts: hier ist *in* zu streichen da der dichter binnenhiatus [2]) nicht zulässt. dagegen ist in der letzten strophe mit der typischen *inuocatio* offenbar auf grund eines älteren vorbildes in der 3. zeile die zweite hälfte ohne vorschlag, in der abschliessenden 4. sowol silbenvorschlag als hiatus. auch spricht gegen unmittelbare nachahmung der sapphischen strophe dass in der ersten hälfte nur etwa 4 mal ◡ – ◡ – ◡ an stelle von gesetzmässigem – ◡ ◡ – ◡ tritt.

Die anfangsbuchstaben der ersten zeilen [3]) ergeben: *AGO-BARDO PAX SIT.* wir sahen oben s. 52 ff., wie derartige akrosticha sich auf den verfasser der betreffenden gedichte beziehen. Dümmler hat, wie bei Angilbert, angenommen: sie müssten den namen des angeredeten enthalten. er schreibt strophe 12 und 13 anfang:

> *Suscipe, pater, uersiculos missos*
> *tibi, uocaris tu uero meorum*
> *in uersuum primis litteris: tuum*
> > *lege iam nomen.*
> *Tu ut in Christo ualeas, obto*
> *fratresque ut sospitet, quaero deum* usw.

Darin ist 12, 2 von einer unverständlichen tautologie mit

---

[1] wenn 5, 3 *clibani* richtig ist, liegt die entschuldigung im fremdwort.
[2] 10, 1, ein zweites beispiel für diesen ist nicht beweiskräftig, weil es zugleich das einzige von – ◡ – ◡ – ◡ in der zweiten hälfte wäre.
[3] vgl. Pk. II 722, andere von mir dort vorgebrachte vermutungen berichtige ich durch den folgenden abdruck.

12, 3 und es wird von der überlieferung — die nur in einer
pariser hs. vorliegt — viel zu weit abgewichen. hinzu kommt,
dass das damals noch nicht ganz erkannte akrostichon für den
ersten buchstaben von 13 ein *I* fordert. ich teile die überlieferung in P in folgende richtige verse ein:

Suscipe pater uersiculos missos
tibi uocaris
tu uero meum in uersuum primis
litteris lege
Iam [1]) *te in Xristo ut ualeas obto etc.*

Es unterliegt darnach keinem zweifel, dass der redner Agobardus ist, nicht der angeredete. für 12, 2 haben wir nach
einer ergänzung zu suchen die das an den anfang gestellte *tibi*
rechtfertigt. denn sonst ist in den ersten 3 zeilen das gesetz be-
folgt zusammengehöriges nicht durch zeilenschluss zu trennen.
gewiss gehört *tibi* zu *missos*, aber es ist gewissermassen ἀπὸ κοινοῦ:
der name des angeredeten muss eine starke beziehung auf den
inhalt des gedichtes haben, das in ergreifenden farben die trost-
lose furcht des sündigen dichters vor den strafen des jüngsten
gerichts malt. ferner muss in 12, 2 *nomine* ausgefallen sein,
auf das sich in 3 *meum* bezieht. der name ist absichtlich
ausgelassen worden: auch dieses gedicht sollte mit nichtachtung
des akrostichons als formel benutzt werden. aber mit einer gewissen sicherheit können wir ihn ergänzen. in seinen leiden
wendet der dichter Agobardus um rat sich an seinen lehrer:

Suscipe, pater, uersiculos missos
tibi: uocaris ⟨nam nomine Leidrat⟩,
tu uero meum in uersuum primis
litteris lege.

Der rhythmus wurde also vor dem 28. december 816 von
Agobard verfasst und an seinen erzbischof, Leidradus von Lyon,
gesandt. er macht dem dichter alle ehre und ist einer der voll-
endetsten, die wir aus damaliger zeit kennen.
    Aber um das zu übersehen und zu beurteilen, was Agobard

---

1) dass 13 mit *Iam* beginnen muss, hat W Meyer erkannt, vgl. aao.

in den vorstellungskreis des weltgerichtes neues vielleicht hineingetragen, fehlen uns die mittel, so lange uns eine zusammenfassende darstellung der dichtungen über das weltgericht fehlt. P Jessen musste sich in seiner "darstellung des weltgerichts bis auf Michelangelo" Berlin 1883 [1]) begnügen in einem kurzen überblick auf die fundgruben zu weisen. aber man könnte aus ihnen noch manchen schatz fördern, wenn man nur auf literarischen gewinn grübe. mir will es scheinen: als seien umfangreiche vielleicht rhythmische stücke verloren oder noch nicht entdeckt. von den erhaltenen haben schon die frühesten ganze versteile gemein. aber auch der vorstellungskreis in ihnen mit seinen antiken bestandteilen lässt an viel ältere vorbilder denken. bei Agobard finden wir das aus Horaz bekannte bild wieder: wie der tod mit dem fuss an die thüre klopft (7), und, wenn ich richtig verbessert habe, ist es um einen zug bereichert: tod und teufel sind ihm eins; der zur sünde verlockt hat streicht auch das grosse strafgeld ein; wie er sonst dem menschen naht, erscheint er auch in der letzten stunde im vollen putz des verführers und das mahnzeichen an der thür gibt er mit seinem prunkstiefel. nur den tod als *exactor* kann ich in früherer zeit nachweisen. Bonifaz schreibt an Nithard (Mon. mog. 51): *et dum exactrix inuisi Plutonis, mors uidelicet, cruentatis crudeliter frendens in limine intrat, animam . . . perdent.* auch die form der worte bei Bonifaz scheint sich an einen rhythmus anzulehnen.

Man wird einen abdruck des agobardischen rhythmus nicht überflüssig finden, in dem auch an einer reihe weiter nicht bezeichneter stellen die überlieferung wieder zu ihrem recht kommt:

⟨AGOBARDO PAX SIT⟩

1. *Aruae polique* *creator inmense,*
   qui tuum glouum *demensus es palmo,*
   tellurem cunctam *pugillo concludis,*
   faue placatus.

---

1) zuletzt über diese Thode Franz v. Assisi s. 457 ff.
1, 1 *arue*; ich habe öfters stillschweigend ę für e gesetzt und umgekehrt. über *arua -ae* vgl. Pk. III 1 s. 77 zu v. 157 2. 3 das schöne biblische bild ist sehr gebräuchlich vgl. Commod. c. a. v. 116 Fort. c. III 9 69 spur. I 141 (ed. L. s. 374) Aldhelm aenigm. s. 271 ed. G. Dhuoda oben I 11 3 Dümmler: *tellure cuncta pugilla* 4 *falic,* Dümmler *fabc.*

2. *Gnari nam probi*   *praeinstruunt cunctos*
   constare nullum   *latibulum reo,*
   quia tu testis   *et iudex ubique*
      ades et ultor.

3. *O deus, acre*   *depromunt examen*
   nimis pauendum   *restare superbis,*
   labentia quaeque   *atrocem punire*
      acercuitatem.

4. *Bibrant corusci,*   *iam sicca procumbit,*
   tetrum punire   *reatum prospectat;*
   sed pius iudex   *lenire se monet*
      actibus bonis.

5. *Artor addictus*   *larbalibus suasis*
   orridae mortis   *in carcere trusus,*
   oscitans pandit   *clibani se rictus*
      me renitente.

6. *Rumpe iam* ⟨tor⟩*quem,*   *altitonans alme,*
   grex pollinctoris   *co uinxit* ⟨me⟩ *inlex;*
   adsis propensus   *et promptus ablutor*
      obsecundato.

2, 4 * *ades et*: *adesse, seu* geht wegen des hiatus nicht.

3, 1 * *sagre* 3 Dümmler: *quoque*; * *atroci.*

4, 1 * *corusce* 2 *propectat,* Dümmler *prospectant,* doch ist *sicca* dh. *terra* subject 3 Dümmler (aber *leniri*: object ist *reatum*): *linire sermonat.*

5, 1 vgl. *laruae* in dem rhythmus Pk. I 136 V 3, 5 2 Dümmler: *arride mentis* 3 * *posco* (oder *posce*) *ne pandit* (oder *pandet*) *clihalis effectus,* Dümmler hat schon *clibani* erkannt.

6, 2 *quesalti to non salme* auf rasur, *torquem* habe ich, das andere Dümmler hergestellt 2 * *nex*; * *couinxit*; *me* habe ich von Dümmler übernommen der *conuinxit me lege* schrieb; * *in lex* 8 * *propensus*: *parsus* 4 * *obsalutato,* Dümmler schrieb *o salutator,* allein für *saluator* ist dies wort kaum verwandt worden.

7. *Defluit uita*   *et afluit noxa:*
    uaris exactor   *pro foribus pulsat,*
    bassam proritat   *inlecebrat mentem*
        malo deuinctam.

8. *Opperit oram*   *terribilem nimis,*
    qua spiritus linquat   *hanc carneam sedem;*
    quem secum gestit   *abducere gaudens,*
        heu pro dolor.

9. *Pectore nimi⟨s⟩*   *sic pauitans uoluo:*
    necne sodalis   *uel pronus amator,*
    proximus parens   *uel karus germanus*
        opitulentur.

10. *Arcent delicta*   *⟨a⟩scendere [ex]celsa,*
    an⟨imam⟩ foedam   *caelicolae spernunt;*
    frigidam carnem   *odibilem effert*
        karus superstes.

11. *Xriste, tu sola*   *omnimoda ope:*
    uiribus uitam   *et requie mortem;*
    robora sensum   *et conplue rorem*
        aeternitatis.

12. *Suscipe, pater,*   *uersiculos missos*
    tibi: uocaris   *⟨nam nomine Leidrat⟩;*
    tu uero meum   *in uersuum primis*
        litteris lege.

7, 1 zu *afluit* vgl. Dombart im Fleckeisen 1877 s. 342 ff.   2 * *uaxe rexactor,* Dümmler *noxae exactor,* über *baxa* vgl. Löwe gloss. nom. s. 97 und Placid. ed. D. s. 137 3 * *bossam* 4 * *malę.*

8, 1 *oram* für *horam;* Dümmler: *terribile.*

9, 1 * *in imo* 2 * *nece,* für *opitulentur necne;* Dümmler: *sodalus.*

10, 1 * *scandere excelsa* 2 Dümmler: *an feda* 4 Dümmler: *supprestis.*

11, 1 *sola* für *solare* 2 Dümmler: *requiem* 8 (con)*pluere* mit acc. ist bekannt.

12, 2 * ⟨*nam nomine Leidrat*⟩.

13. *Iam, ut in Xristo*   *tu ualeas, obto,*
     ‹meque› fratresque   *ut sospites, quaeso:*
     deum, ut quiem   *fruaris aeternae*
         lucis, exoro.

14. *Tu quoque meis*   *sic annue uotis,*
     ut me commendes   *Christicolis totis,*
     quis det ut uelit   *redemptor me celsus*
         iungere suis.

15. *proestet hoc sanctus*   *ingenitus auctor,*
     geniti pater   *et prolis quoaeuus,*
     quibus non dispar   *spiritus constat*
         aeterna in saecla.
           amen.

——— ——— —

13 in der gestaltung dieser strophe habe ich mich an W Meyer angeschlossen
     vgl. Pk. II 722 1 * *ut*: *te*; * *tu*: *ut* 2 * ‹*meque*›; * *quaero* 8 * *fructis*.
14, 2 * *totis*: *notis*, *Christicolae* sind hier die heiligen.
1b, 4 * *secula*.

Stellenverzeichnis.

158

Poetae Karolini ed. E Dümmler uol. II.

Sachverzeichnis.